BRAUNES GOLD & ROTER WEIN

Ein Tatsachen-Roman des Ulmer Freidenkers
Heinz Feuchter über sein Leben in Marokko
in den Jahren 1962-1965

mit Illustrationen
von Heinz Feuchter
1966-1969

Aufgefunden und neu bearbeitet von
Claudia Feuchter 2020

Herausgeber, Layout, Satz und Gestaltung:
Siegfried Späth, Ulm
siegfriedspaeth@t-online.de
Zeichnungen: Heinz Feuchter

Herstellung und Verlag:
BoD – Books on Demand Norderstedt.
ISBN: 9783751950510

1 Die Ankunft

Leise beginnt die junge Frau zu weinen. Seit Mitternacht sitzt sie in diesem Car, der halb Lastwagen und halb Omnibus ist. Jetzt ist es zehn Uhr und seit fast zwei Stunden fahren sie auf einem holprigen Feldweg durch die Steinwüste. Nur einmal standen vier verkümmerte und staubige Palmen an einem ausgetrockneten Flussbett, durch das diese Piste führte. Es war das einzige Grün in den letzten zwei Stunden, das karge Gestrüpp und die Büschel Dorngras, die vereinzelt auf der mit Steinen übersäten Erde zu sehen waren, waren so braungedörrt wie diese Steine und boten dem Auge keinerlei Abwechslung. Alles hatte die gleiche braune Farbe, nur die Piste änderte sich, mal führte sie durch ein ausgetrocknetes Flussbett, dann wieder am Ufer entlang, das gelegentlich gar kein Ufer war sondern nur so etwas ähnliches vermuten ließ. Dann ging es in steilen Serpentinen über einen Pass, unwegsamer, steil abfallender und aufsteigender Hang zu beiden Seiten der Piste die hier gerade die Breite des Cars hatte.

Jetzt holpert der Car im Schritttempo über das grobe Geröll einer Schlucht und die junge Frau denkt daran wie es ihr wohl ergehen wird wenn das Kind kommt. Gewiss, sie ist erst im dritten Monat und bis zur Entbindung ist noch viel Zeit. Aber wenn es Komplikationen gibt oder eine Frühgeburt, wenn sie dringend einen Arzt brauchen würde, was dann? Wohl soll in Irahi ein Arzt sein, doch Monsieur Surand, der Direktor in der Zentrale des Konzerns in Casablanca hatte der jungen Frau im Vertrauen geraten, doch besser nach einem guten Arzt in Casablanca oder Marrakech zu sehen. Er machte sogar einen österreichischen Arzt ausfindig mit dem sie deutsch sprechen konnte. Und als die junge Frau dies dachte und an die trostlose Einöde, in die sie immer weiter hineinfuhren und in der sie von nun an leben sollte, da konnte sie ihre Tränen einfach nicht mehr zurückhalten, ja, sie hätte am liebsten laut aufgeweint.

Ihr Mann neben ihr bemerkte die Tränen. „Komm lass uns erst einmal dort sein und ausschlafen. Vielleicht sieht dann alles ganz anders aus. Wenn es nichts ist können wir doch jederzeit zurück, Inge. Wir wussten ja schon in Deutschland daheim dass wir in die Sahara kommen." Inge Wieser lehnt den Kopf an die Schulter ihres Mannes und will etwas sagen. Da erscheint vor ihnen ein Chevrolet, das erste Zeichen menschlichen Lebens in diesen letzten zwei Stunden und Driss, der Fahrer des Cars unterbricht sein Schweigen: „Das ist Monsieur Lucas von Irahi, der Chef der Verwaltung." Driss fährt an den äußersten Rand der Piste, hält und öffnet die Türe. Aus dem Fenster des Chevrolets beugt sich ein runder Kopf mit langen schwarzen Haaren und einem ebenso schwarzen Schnurrbärtchen. „Bon jour, Monsieur Lucas, wie geht's? Ich habe hier den neuen Geometer mit seiner Frau." „Wie geht's Driss? Bon jour, Monsieur Wieser, bon jour Madame, wie geht's?" und dann versucht er mit stark akzentuiertem, schlechtem Deutsch einige aufmunternde Worte: „Willkommen Sie in Irahi. Ist nix schön wie Schwarzwald und mit Driss fahren sehr schlecht. Nix traurig sein, Madame, noch halb Stund dann Irahi. Und Irahi gut. Leben gut, gut essen gut trinken. Noch halb Stund." Dann wendet er sich zu Driss: „Driss, Du bringst Monsieur Wieser zu Monsieur Cyriakos. Gute Fahrt vollends." Und noch ehe Driss sein zustimmendes „woacha" sagen kann braust der Chevrolet ab, eine dichte Staubwolke hinter sich lassend.

Aber es vergeht noch fast eine Stunde bis der Car in Irahi ist. Und in dieser Stunde versucht Karl Wieser immer wieder, mit seinen sehr schlechten Französischkenntnissen Driss wach zu halten. Doch immer wieder fallen Driss die Augen zu. Dabei führt die Piste einen Abhang entlang und Inge ermahnt ihren Gatten immer wieder: „rede doch mit ihm, Karl, er schläft schon wieder!" Und Karl versucht erneut, Driss in ein Gespräch zu bringen. Aber kaum hat Driss die Augen richtig geöffnet, da faltet er die Hände und beginnt zu beten „dass dem Kerl nichts passiert, " resigniert schließlich Karl Wieser und lässt nun nochmals die Fahrt an sich vorbeiziehen.

Gestern früh waren sie mit einem Linienbus der CTM von Casablanca nach Marrakech gefahren und hatten sich dort im Depot der Firma gemeldet, das Gepäck im Car verstaut und die Abfahrtszeit des Cars erfahren. Der ganze Abend blieb ihnen in Marrakech und es war ein schöner Abend gewesen. Es regnete nicht und es war auch noch nicht kalt, denn im Atlas war noch kein Schnee gefallen obwohl es Anfang Januar war. In einer Pferdekutsche fuhren sie durch die abendlich beleuchtete Stadt und ließen sich dann auf dem Djemaa el-Fna absetzen, dem Herz von Marrakech. Dort ließen sie sich treiben, sahen den Akrobaten zu, die ihre Künste als Tänzer, Radfahrer, Bodenartisten zeigten. Die Schlangenbeschwörer mit den schwarzen Kobras faszinierten sie, sie schauten den Märchenerzählern zu und den Sängern und sie hätten bestimmt vergessen, dass sie noch nicht zu Abend gespeist hatten, wenn nicht auf vielen Feuerchen ringsum auf dem Platz gebraten, gekocht, gegrillt worden wäre und der Duft garen Essens ihnen stets in der Nase gelegen wäre. Zu gerne hätten sie von diesen Brochetts gegessen, Fleischstückchen am Spieß über Holzkohlefeuer gar gemacht, aber sie hatten doch eine andere Vorstellung von Sauberkeit und fuhren lieber wieder nach Gueliz zurück, dem Europäerviertel und speisten französisch. Sie trösteten sich damit, dass sie ja nun öfters nach Marrakech kommen würden und dann auch den Souk und die vielen anderen Sehenswürdigkeiten von Marrakech würden erleben können. So saßen sie den restlichen Abend vor einem Café am Boulevard Mohamed V, schauten dem Treiben um sich herum zu und wimmelten die Straßenverkäufer ab, die ihnen vom Vorderladegewehr an alle möglichen und unmöglichen Souvenirs verkaufen wollten.

Um Mitternacht kam dann der Car und es ging durch den Hohen Atlas über den Tischka-Pass nach Süden. Gelegentlich hielt Driss in einer der wenigen Ortschaften, stieg aus und mit ihm Karl, um ein Glas heißen, süßen Minztee zu trinken. Die beiden Marokkaner, die noch mitfuhren, lagen die ganze Zeit über in ihre Dschellabas gewickelt und schliefen im Car.

Durch die Steinwüste

Es war noch dunkel als der Car in Ouarzazate hielt um Post abzuliefern. Und als die Sonne aufging waren sie schon weit im Süden in dieser Steinwüste, die kaum einmal durch Palmengruppe unterbrochen wurde. In engen Serpentinen führte die Straße ins Tal der Draa, das gleich einem grünen Band dem Horizont zustrebt. Wieder ein kurzer Aufenthalt in Agdz um Post abzuliefern. Dann hörte die Asphaltstraße auf und Karl und Inge erlebten zum ersten Mal die Piste. Doch das Land war wieder grün, entlang der Piste zogen sich Palmenhaine. Sträucher und Bäume grünten und in den Gärten wuchsen Gerste und Mais. Immer wieder sah man die eigenartigen Kasbahs, diese aus Lehm gebauten, befestigten Familienburgen und man sah Menschen und Tiere. Gut eineinhalb Stunden bot sich ihnen dieses interessante und fremdartige Bild des Draa-Tals. Dann bog der Car nach Osten, fuhr durch den Fluss, verließ das Tal und damit die Vegetation. Man war auf der Piste nach Irahi. Und auf der Piste waren sie niemandem mehr begegnet außer Monsieur Lucas. Nun biegt der Car um eine Bergnase und unvermittelt vor den Reisenden liegt eine Ortschaft. „Voilá Irahi! Nur noch ein Kilometer," sagt Driss. Leben kommt in den Car. Die beiden Marokkaner schlüpfen aus ihren Dschellabas und richten ihr Gepäck zusammen. Driss faltet die Hände und betet zum letzten Mal.

Irahi ist eines jener Drecksnester, die ihre Entstehung ausschließlich dem Umstand verdanken, dass die moderne Industriegesellschaft die Schätze der Erde braucht. Vor fünfundzwanzig Jahren gab es dort nichts was an Zivilisation hätte erinnern können und im Umkreis von fünf Kilometern gab es nicht einmal eine Palme. Dann fand man Kobalt, sehr viel Kobalt in der Erde von Irahi und es lohnte sich dieses Kobalt abzubauen. So baute man Häuser, man baute eine Stromzentrale und Werkstätten, man baute Büroräume und eine Aufbereitungsanlage und man baute eine zweiundzwanzig Kilometer lange Wasserleitung quer durch die Steinwüste. Alles wurde nur für den einen Zweck erbaut, Kobalt zu gewinnen und alles hat diesen Zweck nur bis genau zu dem Tage zu erfüllen, an dem die letzte Tonne Kobalt aus

9

Irahi abtransportiert ist. Alles weitere wäre Verschwendung, denn mit dem Kobalt hört auch Irahi auf.

So stehen nun an den Berghängen verstreut die Häuser der Europäer, alle eingeschossig, alle schmutzig, alle mit Moskitogittern vor Fenstern und Türen. Gelegentlich ist vor einem der Häuser etwas Grün, doch es sind nur Versuche, denn der Boden ist arsenhaltig und lebensfeindlich. Nur vor den Häusern der leitenden Ingenieuren ist ein kleiner Vorgarten, man hatte dazu Erde aus dem Draa-Tal herbeigeschafft. Vor dem Verwaltungsgebäude steht noch eine verkümmerte, staubige Palme, die Wasser von den Abflüssen aus den Büroräumen und der Kantine erhält, das hier zusammenfließt. Ein glücklicher Gedanke ließ wenigstens die hässlichen Abraumhalden hinter einem Bergrücken anlegen, doch bringt der Westwind noch genügend von dem feinen grauen Staub in die Stadt, denn Cité nennt man die zirka fünfzig Häuser der Europäer im Gegensatz zum Dorf.

Verdeckt durch einen vorspringenden Bergrücken liegt das Dorf. Dort leben die siebenhundert marokkanischen Arbeiter mit ihren Familien und dem, was sich in ihrem Gefolge angesammelt hat: Händler, Handwerker, Bettler, Dirnen.

Auch im Dorf hat die Société die Häuser erstellt, lange Reihen, nur einen Raum tief. Und in jedem Raum wohnt eine Familie, ohne Wasser, ohne Closett, ohne Strom. Doch die Räume reichen bei weitem nicht und so wurde eine Menge weiterer Unterkünfte von den Marokkanern selbst erstellt, jeder wie er es gerade fertigbrachte, mit aufeinander geschichteten Steinen, leeren Fässern und Dosen. Oft sind die Innenwände nicht einmal mit Lehm verschmiert und Wind und Ungeziefer haben durch hundert Löcher und Fugen Zutritt ins Innere der Behausung. Aber die dient ja nur zum Schlafen, das Leben selbst spielt sich im umzäunten Vorhof ab.

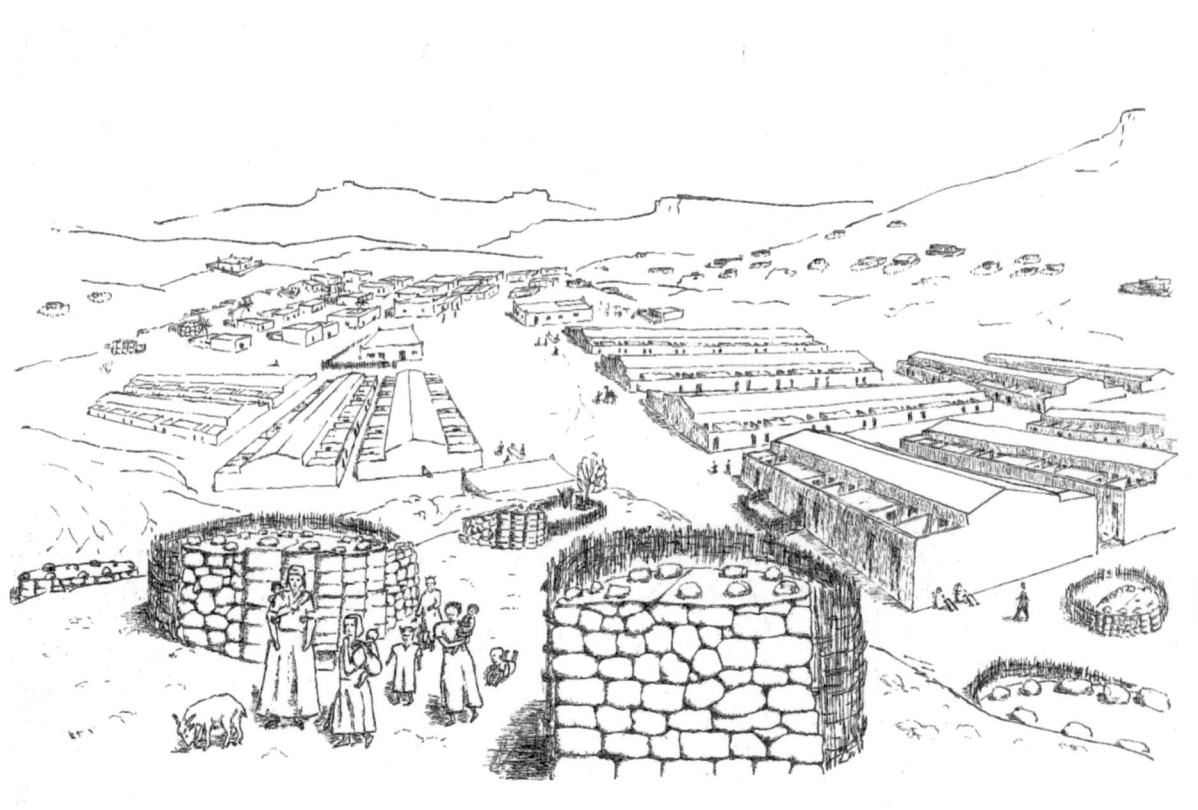

Irahi

Mittelpunkt des Dorfes ist die Djemaa, ein großer freier Platz. Hier steht die Koranschule, hier sind die wichtigsten Läden, hier ist das Teehaus, hier ist ein Posten mit zwei Mohasnis, hier ist die öffentliche Schule mit ihren vier Klassen, hier ist das Badehaus mit sechs Duschen, die jedoch meist unbenützt sind, hier sind zwei der sechs Wasserstellen des Dorfes und hier ist auch jeden Sonntag der Souk, auf dem die Bauern aus dem zehn Kilometer entfernten Zauia ihre kärglichen Produkte anbieten. Nur gelegentlich kommt auch ein Händler auf den Markt und bringt Abwechslung in das eintönige Leben. Und eintönig ist das Leben in solch einem Ort, ein Tag gleicht dem andern. Nur Dienstag und Freitag, so gegen elf Uhr, kommt Driss mit dem Car aus Marrakech und bringt Verpflegung, Post, Fahrgäste und Neuigkeiten. Und so wird Driss jedesmal von ganz Irahi erwartet. Schon ab neun Uhr versammelt sich eine ganze Zahl Marokkaner, Kinder und Erwachsene, vor der Verwaltung um zu sehen und zu hören, was und wen Driss diesmal aus Marrakech, aus der großen weiten Welt mitbringt.

Inge und Karl Wieser steigen aus dem Car und sind mitten unter Marokkanern, die sie neugierig mustern. Driss nimmt den Postsack und führt Karl ins Büro. Georges Cyriakos, ein Mann mittlerer Größe, untersetzt und mit dunklen Borstenhaaren, begrüßt Wieser: „Bon jour, Monsieur Wieser, wie geht's? Es ist ja eigentlich viel gefragt, die Reise mit dem Car ist eine Qual. Nun, jetzt sind Sie hier und Sie werden sehen, dass es sich in Irahi ganz gut leben lässt. Ihre Wohnung haben wir bereits für Sie hergerichtet. Kommen Sie, ich bringe Sie hin. Wo ist eigentlich Ihre Gattin? Noch beim Car? Die nehmen wir auch gleich mit. Nicole, wo ist der Schlüssel zu Carbonis Wohnung?" wendet er sich an die junge Sekretärin. Nun beginnt ein Suchen nach dem Schlüssel, in das auch ein jüngerer marokkanischer Angestellter eingeschaltet wird, der in den Werkstätten nach dem Schlüssel zu fragen hat. Doch dort sei der Schlüssel seit Carbonis Wegzug nicht mehr gewesen. Nach einem halbstündigen Suchen findet schließlich Cyriakos in einem Seitenfach seines Schreibtisches das Gesuchte. „Voilá, da ist er ja. Ich wusste doch, dass ich in bereitgelegt hatte. Kommen Sie, Monsieur Wieser."

Beim Car treffen sie Inge mit einem schmächtigen Mann, der nahe fünfzig sein konnte. Bevor Cyriakos etwas sagen kann stellt sich dieser auf Deutsch vor: „I bin der Koller. Grad hab i ghört, dass ihr ankommen seid, da hab i doch nach Euch schauen müssen. Mit Ihrer Frau hab ich schon gsprochen, i schick euch mei Fatima, mei Hausgehilfin, damit s' ein bisserl hilft. Also geh ma ins neue Heim. Das ist doch die Wohnung von Carboni, Georges?" fragt der dann auf Französisch.

„Lassen S' nur Ihre Koffer," sagt Koller zu den Ankömmlingen und beauftragt einen der herumstehenden Marokkaner, die Koffer zu transportieren. Einem andern trägt er auf, seine Fatima in Carbonis Wohnung zu schicken. Unterwegs sagt Koller, dass in Irahi noch eine deutsche Familie sei und auch in Busseraul sei eine, und dann sei noch in Sidi Lahsen der Bengs, auch ein Deutscher. „Aber die werden S' alle ja selber bald kennen lernen."

Sehr einladend ist Wiesers neue Wohnung nicht. Im Bad steht das Wasser, der Boiler ist defekt. Als Karl das Clo öffnen will behält er die Klinke in der Hand. In den eingebauten Schränken, im Clo und im Gasherd wimmelt es von Küchenschaben. Das Mobiliar selbst ist jedoch den Umständen entsprechend ordentlich, nur an einem Stuhl knickt ein Bein ein als sich Cyriakos darauf setzen will.

Die Koffer kommen. Cyriakos schickt ins Magazin nach einer Gasflasche und gibt die Anweisung mit, Wiesers restliches Gepäck unverzüglich mitzubringen. Dann empfiehlt er sich um die nötigen Reparaturen zu veranlassen. Die Fatima erscheint und Koller trägt ihr auf, heute hier bei Inge zu helfen und Carbonis frühere Fatima mitzubringen. Auch erbiete er sich an einen Kühlschrank zu beschaffen und verabschiedet sich dann: „i muss vor dem Essen noch was erledigen. Schicken S' die

Fatima ins Economat damit s' DDT holt. Streut es vor allem ums Clo, die Schaben kommen alle aus der Gruben. Wann S' sonst was brauchen kommen S' rüber in die Garage, in die Autowerkstatt. Aber es ist eh gleich zwölf, da kommen S' dann rüber ins Popote zum Essen. Da sehen wir uns dann."

Kurz vor zwölf nimmt Nicole Cheffer im Popote den Platz hinter der Bar ein und löst ihre Mutter ab, die nun in der Küche nach dem Rechten sieht. Die Bar ist der Vorplatz zu dem siebzig Plätze fassenden Esssaal und kaum einer der Gäste kommt an ihr vorbei ohne nicht wenigstens einen Aperitif zu nehmen. Das ist auch die Gelegenheit, Neuigkeiten auszutauschen. Wie Inge und Karl Wieser in den Popote kommen ist Franz Koller bereits mit anderen an der Theke. Er übernimmt das Vorstellen. Namen werden genannt, man reicht sich Hände und dann schiebt man Inge und Karl je ein Glas Cinzano zu, das irgendjemand für die beiden bestellte. Man tauscht kurz Belanglosigkeiten mit den Neuankömmlingen aus und begibt sich zu Tisch. Die beiden Neuen nimmt Koller mit an seinen Tisch. Obwohl nur etwa ein Viertel der Europäer in Irahi Franzosen sind, ist die Küche im Popote rein Französisch. Koller wählt mit Bedacht Vorspeise und Dessert zum Hauptgang für seine Gäste, schenkt ihnen immer wieder Wein nach und freut sich, dass die beiden so angenehm überrascht sind. „Was ham mir denn hier schon außer dem Essen und Trinken? Also halt mir uns an dem," ist sein Kommentar. Nach dem Essen begibt sich alles zur Siesta und auch die beiden Neuankömmlinge ruhen sich von der anstrengenden Fahrt und dem Wein etwas aus bevor sie mit dem Einrichten ihrer Wohnung beginnen. Kollers Fatima kommt und bringt auch gleich für Inge eine Hausgehilfin mit. Handwerker kommen und reparieren an den schadhaften Stellen.

Eine etwas füllige Frau Mitte fünfzig, mit grauen Haaren und einem runden, gutmütigen Gesicht kommt und stellt sich als Hilde Goldmann vor. Sie freut sich, dass Landsleute gekommen sind. Vor dreißig Jahren verließ sie mit ihrem Mann

14

Deutschland und war seither nicht mehr dort. Ihr gefällt die junge Inge Wieser sofort und diese bekommt den Eindruck, dass sie sich Hilde Goldmann ruhig anvertrauen kann. „Ach Frau Goldmann, ich bin so niedergeschlagen von dieser Fahrt hierher. Ist es nicht schrecklich wenn man so gefangen ist?"

„So schlimm ist es doch nicht, Frau Wieser. Ja, mit Driss ist die Fahrt schlecht. Aber im eigenen Wagen schafft man die Piste bis Agdz in fünf Viertelstunden. Und dann ist es noch eine Stunde bis Ouarzazate und von dort aus ist man in zweieinhalb Stunden in Marrakech. Sie können doch jederzeit mit uns fahren, auch sonst nimmt Sie jeder mit, es fährt ja immer jemand nach Marrakech. Und wegen der Entbindung brauchen Sie keine Angst haben. Wenn es wirklich nötig ist dann schickt die Firma sogar ein Flugzeug für Sie. Gleich hinter dem Dorf ist eine Flugpiste. Zwei Stunden nach dem Anruf können Sie in Casa sein." Wiesers sind überrascht. Sie sind etwas ungläubig, dass die Verbindung doch besser ist als es auf der Herfahrt aussah. Und dann, woher weiß Hilde Goldmann wie es bei Inge steht? Zu sehen ist noch nichts. Für Hilde Goldmann sind Wiesers Gedanken nicht schwer zu erraten. „Sie dürfen schon glauben was ich Ihnen sage, wir sind schon zwölf Jahre hier. Dass Sie im dritten Monat sind weiß nicht nur ganz Irahi, sondern alle Europäer in allen Minen der Provinz, und die Provinz ist so groß wie Südwestdeutschland. Hier gibt es wenig Neuigkeiten und man kennt sich gegenseitig wie auf einem kleinen Dorf in Deutschland." Hilde Goldmann macht eine kleine Pause und fährt dann fort: „Kommen Sie doch heute Abend zu uns zum Abendessen, wir können dann ausführlicher sprechen. Jetzt will ich Sie nicht länger aufhalten, Sie haben noch viel Arbeit." Hilde Goldmann zeigt noch ihr Haus, Wiesers arbeiten weiter und wie es Abend wird ist die Wohnung soweit eingerichtet, dass sie sich wohl fühlen können.

Adam Goldmann ist Ende Fünfzig und seine Arme und sein Kopf mit den schütteren grauen Haaren sind auch für den stämmigen Körper etwas zu groß ausgefallen. Der

15

große Mund lächelt breit wie er Inge und Karl Wieser zum Eintritt auffordert, ihnen Platz anbietet und Martini einschenkt. „Schön dass ihr gekommen seid. Es tut gut, dass wieder Landsleute hier sind." Franz Koller ist bereits da und auch Hilde Goldmann kommt aus der Küche und begrüßt die Gäste. „Das Essen ist noch nicht ganz so weit. Haben Sie sich jetzt soweit eingerichtet, dass Sie schlafen können?" Und Franz Koller berichtet, dass er bereits einen Kühlschrank für Wiesers aufgetrieben hätte und, dass es mit dem Bezahlen nicht eilen würde, jetzt am Anfang hätten sie ja doch kein Geld dafür.

„Was kostet er denn?"
„Fünfzigtausend Francs. Aber er ist groß, zweihundertfünfzig Liter, und er ist gut in Schuss." „Das ist nicht teuer," meint Adam Goldmann und Karl Wieser sagt, dass er sofort bezahlen könne, er müsse nur deutsches Geld umwechseln lassen. „Machen Sie das nicht. Sie bekommen hier Devisen nur mit amtlicher Genehmigung und da stehen Ihnen jeden Monat nur dreißig Prozent Ihres Gehalts zu, mehr bekommen Sie nicht. In einigen Monaten haben Sie genug Franc und sind froh an Ihren Mark," sagt Adam Goldmann und Franz Koller pflichtet ihm bei: „Des ham s' gmacht weil es ganz viel Kapital ins Ausland gangen ist. Niemanden hat hier investiert weil es Geld immer weniger Wert gworden ist. Jetzt schieben bloß noch die Großen die Moneten ins Ausland. Wann S' heut ein Ersatzteil für eine Maschinen aus dem Ausland brauchen, dann muss man erst die Genehmigung beim Ministerium einholen, dass man es kaufen darf. Des dauert Wochen bis S' die kriegen und solang steht die Maschinen still. Des ist eine Tragödie, denn fast alle unsere Maschinen sind ausländische Fabrikat. Wann S' was brauchen, kommen S' zum Adam oder mir, mir tun was mir können und wir tun es gern. Jetzt am Anfang werden S' leicht ausgnommen, bsonders wenn S' bei Marokkanern einkaufen. Wann S' was brauchen, Madame Wieser, dann gehn S' zur Hilde."
„Sie können wirklich jederzeit kommen. Ich bin froh, dass endlich auch eine deutsche Frau hier ist. Man kommt mit den meisten Frauen hier gut aus, wirklich, aber

16

trotzdem. Und am Donnerstag und Montag Vormittag müssen Sie die Bestellung für Ihren Einkauf in Marrakesch abgeben, alles was Ihnen der Car das nächste Mal mitbringen soll. Ich helfe Ihnen gern dabei wenn Sie mit Ihrem französisch nicht auskommen."

„Muss man alles in Marrakesch bestellen und klappt denn das, bekommt man die Sachen auch ordentlich und frisch? Ist hier kein Laden wo man einkaufen kann?"

„Im Economat hier können Sie nur solche Ware bekommen, die sich hält: Konserven, Getränke, Mehl, Zucker, Waschmittel. Auch Butter, etwas Käse und Schinken gibt es. Auf den Händler im Dorf ist kein Verlass. Der bringt einen Lastwagen voll Gemüse aus Agadir, dann kann man günstig bei ihm einkaufen. Aber dann bleibt er hier bis der letzte Rettich verkauft ist, und wenn er eine ganze Woche nur diesen einen Rettich hat. Erst dann fährt er wieder nach Agadir. Von Marrakesch bekommen Sie die Waren frisch und alles was Sie wollen: Fleisch, Wurst, Fische, Obst, Gemüse, frische Milch und was man sonst so für den täglichen Bedarf braucht, auch Nähutensilien und ähnliches. Driss bringt es mit dem Car mit dem Sie heute gekommen sind, da ist sogar ein Kühlfach eingebaut."

Inge und Karl Wieser werden in die wichtigsten Grundkenntnisse des Lebens in Irahi eingeweiht. Hilde schaut zwischendurch in der Küche nach dem Essen. „Es ist soweit", verkündet sie dann und deckt den Tisch. Adam räumt den Martini beiseite, bringt Weingläser, schenkt Rotwein ein und die Fatima bringt die Suppe. Anschließend gibt es Käsepasteten. Obwohl sich alle am Essen gütlich tun geht die Unterhaltung weiter. „Gehen Sie morgen nur nicht gleich zur Arbeit, Monsieur Wieser. Gehen Sie so gegen zehn Uhr zu Monsieur Becker und sagen Sie ihm, dass Sie noch eine Menge Arbeit in der Wohnung hätten. Hier hat alles seine Zeit, nichts eilt und wenn es noch so danach aussieht. Gewiss sind wir hier zum Arbeiten, aber wir wollen dabei ja auch noch leben."

„Ja ja, da kommen S' schon auch noch drauf wann S' erst mal eine Weile hier sind."

Die Frauen reden von den Fatimas. „Die Säuberste ist die von Carboni nicht, aber sie ist wenigstens ehrlich. Zahlen Sie aber nicht mehr wie sechstausend Francs im Monat, ohne Essen. Das ist mehr wie genug".

Aus der Küche kommen knusprige Wienerschnitzel mit Kartoffelsalat.

„Sie sind schon zwölf Jahre in Irahi, Herr Goldmann, waren Sie davor auch schon in Marokko?" „Ja, wir kamen 1938 her, 1934 verließen wir Deutschland." „Und Kinder haben Sie keine?"

„Eine Tochter, die ist in den Vereinigten Staaten. In Casa lernte sie einen Amerikaner vom Luftstützpunkt Nuasseur kennen. Weiß der Teufel wie das zuging. Die Amerikaner dort kommen mit den Füssen nur im Stützpunkt oder in ihrer Wohnung mit dem Boden in Berührung sonst sitzen sie in ihren Autos. Glauben Sie mir, die meisten Amerikaner, die in der Airbase leben, sehen während ihres jahrelangen Aufenthalts hier von Marokko nur den Stützpunkt und die Straße zum Hafen in Casa bei der An- und Abreise, sonst nichts." „Unsere Tochter möchte so gerne dass wir sie einmal besuchen. Aber mein Mann will nicht nach Amerika."

Jetzt erst, nachdem sein Teller leer ist, beteiligt sich auch Franz Koller wieder am Gespräch. „Himmlisch hat es gschmeckt, des Schnitzel. Mein Kompliment Hilde. Ja und wenn S' von den Kindern redet, es ist halt nix wann man die Kinder net bei sich halten kann. Des ist des große Übel hier. Schaun S' wann die Kinder in die Schul kommen, dann muss man s' weggeben in ein Internat, und wer will schon sein Kind mit fünf Jahren weggeben, oder die Frau muss damit nach Marrakesch oder Casa. Ich schick ihr halt es Geld." „Dafür hast Du Dir ja eine hübsche Fatima zugelegt, Franz." „Na und, soll ich es vielleicht durch die Rippen schwitzen? Mei Alte hat es eh hier schon mit dem Ossipenkow trieben. Was sonst war davon red mer net."

„Ihr habt wieder so ein Thema", meint Hilde Goldmann und teilt den Salat aus. „Es ist wirklich schlecht mit den Kindern hier. Bleibt man beim Mann, dann hält die Ehe, aber man muss die Kinder weggeben. Bleibt man bei den Kindern, dann platzt meist die Ehe. Von Baiers in Busseraul ist die Älteste mit acht Jahren in Deutschland. Dieses Jahr muss auch der Junge fort. Und so sieht es bei den meisten Familien hier aus. Man ist nur noch während der Ferien beisammen."

Nach dem Käse kommt Obst. Wiesers sind nach dem Mahl und den vielen neuen Eindrücken dieses Tages rechtschaffen müde. Sie verabschieden sich bald.

Im neuen Heim streut Karl zuerst DDT auf die vielen schwarzen Schwabenkäfer in Clo, Bad und Küche. Inge geht solange mit der Flytox-Spritze auf Moskitojagd. Es ist Wiesers erste Nacht in Irahi und sie schlafen gut und tief.

Sturmböen jagen aus Norden über das Land und bringen Kälte aus dem Hohen Atlas, wo in der Nacht Schnee gefallen ist. Hoch wirbeln sie in den Sand der Steinwüste, tragen ihn mit sich um ihn gegen jedes Hindernis zu schleudern das sich ihnen entgegenstellt. Nur noch als Schimmer ist die Sonne zu erkennen.

Der Fußboden in Wiesers Wohnung und die Möbel sind mit einer ganz feinen Schicht Sand bedeckt, selbst das Frühstück verschont der Sand nicht, und als Karl die Türe öffnet um zum Büro zu gehen, peitscht ihm der Sturm den Sand ins Gesicht dass Karl meint eine Ohrfeige zu bekommen.

Niemand ist auf der Straße zu sehen, außer den beiden Marokkanern, welche die Loren aus dem Förderkorb zum Abwurf ziehen. Dicht eingehüllt in alte Lumpen, immer mit dem Rücken gegen den Sturm, die Augen fast völlig geschlossen, verrichten sie ihre Arbeit. Jede freie Sekunde suchen sie Schutz am Förderhaus, wischen sich den Sand aus den Augen und reiben sich die Hände warm.

Zitternd vor Kälte und mit vom Sand geröteten Augen tritt Karl Wieser ins Vorzimmer des Direktors zu Mademoiselle Cheffer. Auch hier liegt überall feiner Sand. „Monsieur Jabbag ist beim Patron, da will er nicht gern gestört werden, Monsieur Wieser." Aber gleich darauf kommt Charles Lucas und will auch zu Monsieur Becker. „Wie geht es, Monsieur Wieser? Das ist ein Sturm und eine Kälte. Das ist unser Anteil wenn es im Atlas schneit. Driss wird Mühe haben nach Marrakesch zu kommen. Aber trösten Sie sich, solch ein Wetter ist selten. Sind Sie mit Ihrer Wohnung zufrieden, kommen Sie zurecht? Wenn etwas fehlt sagen Sie es Monsieur Cyriakos, der soll danach sehen lassen. Rauchen Sie?" fragt er und bietet Wieser eine Pall Mall an. „Sie wollen zum Patron? Kommen Sie, Monsieur Wieser," und damit schiebt er Karl in das Zimmer zu Monsieur Becker.

Es ist ein großes, helles Zimmer. An den Wänden hängen einige Pläne und graphische Darstellungen. An der Decke neben dem Leuchtstab fehlt ein Stück Putz, eine Fensterscheibe hat einen Sprung, eine andere ein Loch, durch das nun der Sturm den Sand in das Zimmer treibt. Ein großer Tisch, vollgepackt mit Plänen, steht in der einen Hälfte des Zimmers. Um den Tisch stehen zwölf Stühle. Ein einfaches Holzregal, voll mit Plänen, steht an der Wand. In der anderen Hälfte des Zimmers ist ein Rollschrank. Am Fenster, mit dem Blick zur Türe, sitzt Monsieur Becker an einem großen schweren Schreibtisch. Armand Becker wiegt zwei Zentner, aber er ist dabei so groß dass er keineswegs dick wirkt. Sein Gesicht ist schmal, Nase und Kinn beherrschen es, während die Lippen dünn und die Augen klein, jedoch ungemein listig und dauernd in Bewegung sind. Hätte Becker Haare so würde man ihm bestimmt nicht ansehen, dass ihm nur noch zwei Jahre bis sechzig, seiner Pensionierung fehlen.

Vor dem Schreibtisch steht ein hagerer Marokkaner, etwas über dreißig Jahre alt, mit schlankem Gesicht und gekräuselten Haaren. Es ist Ahmed Jabbag, Chef des Magazins, der Lagerverwalter. Sein Bruder ist hoher Beamter im Ministerium für Bergbau in Rabat. Und diesem Umstand verdankt es Ahmed mit, dass er in Irahi ist. „Ah, Monsieur Wieser, wie geht es? Das ist Jabbag. Setzen Sie sich bitte. Sind Sie zufrieden mit Ihrer Wohnung? Gut dass Sie endlich hier sind, wir haben eine Menge Arbeit für Sie. Monsieur Carboni, Ihr Vorgänger, ist schon drei Monate fort, da hat sich einiges angesammelt. Sie haben noch nie in einer Mine gearbeitet? Nun, ich habe veranlasst, dass Ihr Kollege in Ait Ali für zwei oder drei Tage herkommt. Er wird Sie einarbeiten. Monsieur Lucas wird Sie jetzt zu Monsieur Blanc bringen, er ist

Ingenieur für die Minen. Für ihn werden Sie hauptsächlich arbeiten müssen. Wenn Sie etwas auf dem Herzen haben dann gehen Sie damit zu Monsieur Lucas, er wird Ihnen helfen. Charles, geh doch mit Monsieur Wieser zu Blanc, komm aber dann wieder, wir haben noch etwas zu besprechen," wendet er sich an Lucas und damit ist Karl wieder entlassen.

Der etwa dreißigjährige Réné Blanc hat nicht gerade die Idealfigur eines Sportlers, doch man sieht ihm an, dass sein Körper durchtrainiert ist. Blanc ist groß und sehr hager, sein Kopf ist rund, mit dicken Wangen. Blanc hatte Geologie studiert, aber war dann auf Jura umgestiegen. Doch auch dieses Studium konnte er nicht abschließen, er bekam Lungentuberkulose. Ein Freund riet ihm auf Bergbau zu gehen, da könne er ihm eine gute Stelle in Marokko besorgen, das Klima sei dort sehr günstig. Auch die Ärzte rieten zu und so machte Réné Blanc während seiner akuten Erkrankung Fernkurse über Bergbau und bekam die Stelle in Irahi.

Blancs Büro ist klein, aber es trägt im Gegensatz zu Beckers eine ganz persönliche Note. Zwei gute Reproduktionen von Cezanne zieren die Wände. Drei Blumenstöcke stehen auf den Fenstersimsen. An einer Wand hängt eine große grüne Holztafel, darunter steht ein langer, schmaler Schrank mit Plänen. Außer dem Schreibtisch stehen noch ein großer Zeichentisch und drei Stühle im Zimmer. Wieser fällt es sofort auf wie sauber und ordentlich dieses Büro im Gegensatz zu den anderen Räumen ist, in denen er bis jetzt war. „Monsieur Blanc, ich bringe Ihnen Monsieur Wieser. Der Patron hat gesagt, Sie sollen ihm seine Arbeit zeigen. Machen Sie es aber kurz, Monsieur Wieser hat noch in seiner Wohnung zu tun."

„Wie geht es, Monsieur Wieser? Nehmen Sie Platz. Zigarette? Hier ist Feuer. Wir sind froh, dass Sie endlich hier sind. Drei Monate sind wir ohne Geometer. Wie gefällt Ihnen Irahi? Etwas abgelegen, aber Sie sind ja mir Ihrer Frau hier. Für einen Junggesellen wie mich ist es härter. Kommen Sie mit, ich zeige Ihnen nun Ihr Büro."

Zwei Planschränke, ein Rollenschrank, ein Zeichentisch, ein großer Ablagetisch und ein Schreibtisch, zwei Zeichenhocker und ein Stuhl sind das Mobiliar des Raumes, an dessen Türe „Geometrie" steht. Alles zusammengewürfelt und Wieser hat den Eindruck, dass es Restbestände aus den verschiedenen Büros sind. Der Raum selbst macht einen verwahrlosten Eindruck, es sieht aus als ob hier seit Errichtung des Gebäudes vor zwanzig Jahren nichts mehr ausgebessert oder erneuert worden wäre. In der Mitte des Zimmers hängt eine Birne ohne Schirm. Überall liegt Staub. Eine Türe führt direkt ins Freie. Wie Blanc und Wieser eintreten fährt ein jüngerer Marokkaner von seinem Hocker hoch. Er darf ungefähr fünfundzwanzig Jahre alt sein, ist untersetzt und hat einen negroiden Einschlag. „Hast Du keine Arbeit? Geh ins Magazin und sag Jabbag, dass er Dich beschäftigen soll!" „Doch Monsieur Blanc, ich muss noch Lichtpausen machen für Monsieur Horvath. Aber Brahim hat noch zu tun, er wird gleich kommen." „Und da schläfst Du hier? Ich werde es Dir zeigen, Du Faulpelz. Schau, wie es hier aussieht, überall liegt Staub, der Fußboden ist voll Schmutz und Sand. Hast Du hier überhaupt einmal abgestaubt oder geputzt seit Monsieur Carboni weg ist? Das machst Du nun, putzen und abstauben. Morgen Früh kommt Monsieur Wieser, da ist alles sauber, sonst hast Du Deine Prämie für diesen Monat gesehen. Und heute Nachmittag bist Du im Magazin, verstehst Du?"

Dann wendet sich Blanc an Wieser: „Das ist Ahmed, Ihr Gehilfe. Aber nehmen Sie ihn tüchtig ran, er ist stinkfaul. Und wenn er nicht läuft, geben Sie ihm keine Prämie, keinen Franc. Hast Du gehört, Du Faultier, wenn Monsieur Wieser mit Dir nicht zufrieden ist gibt es keinen Franc Prämie. Glaubst Du man bezahlt Dich fürs Schlafen? Und wenn auch das nichts hilft dann kürzen Sie ihm den Lohn, Monsieur Wieser. Im Übrigen weiß er hier Bescheid, er ist schon sechs Jahre hier. In den nächsten Tagen schauen Sie sich mal alles in Ruhe an. Monsieur Horvath und ich kennen uns ja auch etwas aus. Und dann habe ich veranlasst, dass ihr Kollege aus Ait Ali für einige Tage kommt, er wird Sie einarbeiten. Lassen wir es für heute, Sie haben sicher noch eine Menge Arbeit in Ihrer Wohnung. Auf Wiedersehen, Monsieur Wieser."

Wie Inge und Karl Wieser nach dem Abendessen aus dem Popote treten hat der Sturm nachgelassen und es regnet leicht. Es ist stockdunkel und sie müssen sich tastend und stolpernd auf den Rückweg zur ihrer Wohnung machen. Sie sind froh, dass Franz Koller einen Teil des Weges mit ihnen gemeinsam hat.

Wie Wiesers auf die Terrasse vor ihrer Wohnung treten hockt neben der Türe völlig eingehüllt in seine Dschellaba ein Marokkaner. Er steht auf wie Inge das Licht einschaltet. Er ist klein und schmächtig und trotz seines martialischen Schnurrbarts sieht man ihm seine Jugend an. „Guten Abend Monsieur, guten Abend Madame. Ich bin Yakub ben Hama, aber nenne mich ruhig, wie alle anderen hier, einfach Udaden. Darf ich Dir, Madame, eine kleine Auswahl meiner Artikel zeigen?" Und dann schiebt er einen großen Karton, der neben ihm stand und den Wiesers nicht bemerkt hatten, vor sich hin.

„Ich habe aber jetzt nicht die Absicht, etwas zu kaufen. Vielleicht ein anderes Mal," meint Inge. „Du brauchst nicht kaufen, Madame. Ich will Dir nur zeigen was ich habe." Dann beginnt Udaden Artikel um Artikel aus seiner Schachtel zu holen: Damenblusen und Herrensocken, Hosengummi und Sandalen, Schnürsenkel und Zahnbürsten, Kekse und Kämme, Ansichtskarten und Schokolade werden vor Inge Wieser auf der Terrasse ausgebreitet. Den einen oder anderen Gegenstand sieht sich Inge etwas genauer an, legt ihn wieder zu den andern. Nur selten erkundigt sie sich nach dem Preis und Udaden nennt ihn. Alle Artikel legt er ihr vor.

„Ich brauche jetzt wirklich nichts, Udaden. Vielleicht später einmal, wenn wir länger hier sind." „Ist recht, Madame. Wenn Du ins Dorf kommst dann kannst Du ja auch einmal in meinen Laden schauen. Dort habe ich eine viel größere Auswahl. Gute Nacht, Monsieur, gute Nacht, Madame." „Gute Nacht, Udaden."

Wiesers gehen in die Wohnung und Udaden räumt seinen Karton wieder ein. Er ist befriedigt von seinem Besuch, das Warten auf die Rückkehr der Neuen hat sich gelohnt. Denn er, Udaden, war nicht schroff abgewiesen worden. Madame wird in Zukunft bei Udaden Kaufen, wenn auch nicht gleich beim nächsten Mal, so doch bei seinem übernächsten Besuch. Und Madame wird bar bezahlen, das weiß Udaden jetzt.

Im Popote ist es wie üblich noch fast leer als Inge und Karl Wieser eintreten. Nur Adshead, der Arzt und Cyriakos der Buchhalter sitzen an einem Tischchen und spielen Schach. Jeden Abend spielen die beiden und sie spielen immer nur eine einzige Partie. Das würde die Gedanken an die Arbeit für den restlichen Abend vertreiben, meint Adshead. Aber Adam Goldmann meint, dass sowieso keiner der beiden jemals seine Gedanken bei der Arbeit hätte. Und jeder, dem er das bisher gesagt hatte, gab ihm Recht, mit Ausnahme der beiden selbst. Aber wenn Adam hartnäckig war, und das konnte er gelegentlich sein, gab schließlich auch Adshead zu, dass auch der interessanteste Krankheitsfall eine Flasche echt schottischen Whisky nicht aufwiege. Er hätte bei seinem Examen so viel arbeiten müssen, dass das für sein ganzes Leben ausreiche.

An der Theke bei Mademoiselle Cheffer steht Carol Horvath, der Geologe. Er ist ungefähr vierzig, klein, fast zierlich, aber aus seinen schwarzen Augen sprühen Energie und Tatendrang. Seit vier Jahren ist er in Irahi und seit er hier der Chefgeologe ist geht es aufwärts mit den Minen. Neue Lagerstätten wurden entdeckt, der Abbau erfolgte nun genau nach einem festgelegten Plan, und dieser Plan hatte Erfolg. Die Erzförderung war wesentlich gestiegen, die Leitung des Konzerns in Paris war sehr zufrieden.

„Wie geht's, Madame Wieser, wie geht's Monsieur? Was trinken Sie? Madame ein Glas Porto? Und Sie einen Anis, Monsieur? Aber reden wir doch deutsch. Ich kann nicht mehr viel, doch ich denke, dass es für Sie leichter ist. Haben Sie sich nun etwas umgesehen hier? Wie gefällt es Ihnen, Madame?"
„Ich glaube dass man hier schon leben kann. Bis jetzt glaube ich im Urlaub zu sein, soviel freie Zeit hatte ich noch nie. Ich bin froh wenn am Dienstag meine Bestellung kommt, dann kann ich wenigstens kochen."
„Wenn ich Ihnen einen Rat geben darf, Madame, dann beschäftigen Sie sich mit irgendetwas, was ist letzten Endes egal. Sie müssen etwas haben mit dem Sie sich

24

intensiv beschäftigen können, nur dann widerstehen Sie den Anfechtungen, die Nichtstun, Klima und gutes Essen hier mit sich bringen. Meine Frau hielt es hier nicht aus. Ein Glück dass wir keine Kinder hatten. Wir Männer haben unsere Arbeit, die uns befriedigen kann. Nicole, bitte dasselbe nochmal."

„Es stimmt, was Monsieur Horvath sagt, Madame" stimmt Nicole bei, der Horvath kurz erklärt hatte um was sich das Gespräch dreht, „Sie sind neu hier und kennen die Verhältnisse nicht. Es sind ja auch viel mehr Männer hier als Frauen." Sie schenkt die Gläser wieder voll. Karl Wieser protestiert, dass sie auf Horvaths Rechnung gehen.
„Aber Monsieur Wieser, jetzt sind Sie meine Gäste. Sie können sich ein anders Mal revanchieren. Aha, da kommt Sidi Lahsen."

Vier Männer und eine Frau treten ein die Wieser noch nicht kennt. Sie kommen aus einer Nebenmine von Irahi, dreißig Kilometer entfernt. Paul Yvert, der dortige Chef ist dreißig Jahre alt und von mittlerer Größe. Sein schlanker Körper ist sehnig und zäh. Der längliche Kopf mit einer kleinen Nase, die schmalen Lippen und die sehr einfach Brille geben Yvert ein strenges Aussehen. Seine Frau Yvonne könnte man für seine Schwester halten, sie trägt die selbe einfache Brille auf einer ebenso kleinen Nase. Das Haar ist zu einem einfachen Knoten gefasst. Das billige Kleid ist ihr zu eng und so sind daran ein paar Nähte geplatzt, die nur behelfsmäßig wieder zusammengenäht wurden.

Einer der anderen Männer ist ungefähr so groß wie Paul Yvert, jedoch viel breiter und keineswegs so kernig. Das runde Gesicht ist schwammig und mit den vielen Falten wirkt es verlebt obwohl Harry Berg erst Mitte vierzig ist. Wieser fallen sofort die kalten grauen Augen auf.
Nach dem Vorstellen reißt Berg sofort das Gespräch an sich: „Ah, Sie sind die neuen Deutschen. Ich war auch Deutscher, jetzt bin ich Franzose. Wie gefällt

es Ihnen in diesem Drecksnest hier, haben Sie sich schon eingewöhnt? Mir ein Bier, Nicole, ja, Kronenbourg. Wissen Sie, Monsieur Wieser, hier muss man immer auf die Pauke hauen, sonst ist man von Anfang an unten durch. Lassen Sie sich ja von niemandem etwas bieten. Nicht war, Paul? Ich gebe es Ihnen immer tüchtig. Der Alte lässt sich schon gar nicht mehr bei uns in Sidi Lahsen sehen. Der Blanc kommt auch kaum, aber mit dem kann man auskommen, besonders wenn er besoffen ist, da ist er gemütlich, fast sentimental. Ja, mit dem Réné Blanc hab ich schon manches Fläschchen geleert. Nur Whisky natürlich. Da habe ich immer genügend im Haus. Der Doktor kommt ja auch nur nach Sidi Lahsen um bei mir Whisky zu saufen. Da lässt sich die alte Sau dann vollaufen, das einzige was er kann. Nach den Kranken hat er bei uns noch nie geschaut, die sind auch froh dass er sie in Ruhe lässt. Die Leute kommen lieber zu mir, die wissen, dass ich mehr kann wie Adshead. Wenn Ihnen mal was fehlen sollte dann gehen Sie zu Mateo Gonzalo. Der kann auch mehr wie Adshead. Sie können auch jederzeit mich anfordern, nur über Radio durchgeben, da stehen wir ja jederzeit mit Irahi in Verbindung. Ich will Ihnen jedoch nicht Angst machen, das Klima hier ist so gut, dass von den Europäern hier praktisch nie jemand krank wird. Aha, da haben sich zwei verkrochen, der Carol wird jetzt unserem Paul von den neuesten Drehs des Alten berichten. Was die zwei immer die Köpfe zusammen stecken müssen. Machen können Sie doch nichts, dazu ist der Alte viel zu schlau. Becker kommen die nicht bei."

Neue Gäste treten und ein Harry Berg wendet sich ihnen zu. Der Popote füllt sich langsam, auch Koller und Goldmanns kommen und bringen Gerda und Otto Baier aus Bu Seraul mit. Otto Baier ist Ende vierzig. Haare hat er keine, so gleicht sein runder Kopf einer Billardkugel. Man sieht ihm seine Gutmütigkeit an, trotz seiner Größe und Körperfülle. Seine Frau ist gleich alt, wirkt jedoch durch ihre zierliche Gestalt um einige Jahre jünger. Man merkt ihr an, dass sie die Bestimmende in der Familie ist. Man stellt sich vor, man trinkt einen Aperitif.

Dann ist es Zeit zum Abendessen. Auch Harry Berg setzt sich zu den Deutschen. Nach der Suppe gibt es Huhn. „Elender Kantinenfraß, schon wieder Huhn! Wenn es wenigstens gut zubereitet wäre! Aber die Cheffer versteht nichts von einer guten Küche. Ja, als die Mancioli noch den Popote hatte, da war's gut. Aber seit ihr Alter gestiegen ist, hat sie ja nicht mehr nötig zu arbeiten. He, Yussuff, Du Gurke, wo bleibt der Käse? Siehst Du nicht, dass wir schon eine Ewigkeit fertig sind? Was hast Du heute für Obst? Nur Orangen und Pampelmusen? Keinen Kuchen? Und dass der Käse nicht so stinkt wie Du, altes Faultier." Berg freut sich, dass er damit eine Pointe angebracht hat.

Die Frauen haben während des Essens ihr eigenes Thema. Inge Wieser wundert sich nun nicht mehr, dass Gerda Baier wissen will, wo sie entbinden wird. Berg mischt sich ein: „Bleiben Sie doch Hier. Mateo ist dafür Spezialist. Die ganzen Marokkanerinnen kommen zu ihm." „Gehen Sie nur nach Casa in die Klinik, da ist es schon besser, vor allem wenn es zu Komplikationen kommen sollte. Ich war auch nie hier," rät indessen Gerda.

Da wendet sich Otto Baier an seine Frau: „Gerda, wir gehen heute Abend nicht ins Kino, Adam hat uns eingeladen." „Wenn sich die Deutschen hier treffen, kann ich ja nicht fehlen, nicht wahr, Adam. Ich werde Paul sagen, dass er mich nach dem Kino bei euch abholt," teilt Harry Berg mit.

Es wird ein netter Abend bei Goldmanns. Wiesers müssen von Deutschland erzählen und sie erfahren viel vom Leben in Marokko. Immer wieder erheitert Franz Koller die Anwesenden mit eigenen Erlebnissen. So erzählt er, wie er einmal, er war damals für den Fuhrpark eines Caids verantwortlich, einen amerikanischen Gast seines Herrn auf die Jagd in den Atlas begleitete. Als er allein zum Jeep zurückkehrte, um ihn zu einem vereinbarten Treffpunkt mit dem Gast zu fahren, da sei direkt vor dem Wagen ein ausgewachsener schwarzer Panther gelegen und hätte geschlafen.

27

„I denk mir, was für ein Typ hat jetzt da seine Lumpen abgladen. Die san bestimmt so verlaust, dass nur mit an Stock anregen kannst. Und wie i dann in Jeep einsteigen will, da bewegen sich die Lumpen und i hab gsehn, dass des an Panther is. Was glaubts S' wie i grannt bin, so habt S' bestimmt noch kein Menschen rennen sehn. I hab net mal umgschaut. So an guten Kilometer bin i grannt, da hat's mich hinghaut. Erst da hab i gsehn, dass mir des Viecherl gar net nachgsetzt is. Wie i wieder ganz ganz vorsichtig zum Jeep hinkommen bin, da war nix mehr zum Sehn."

Ein anderes Mal sei er auf ein Dorf geholt worden, um eine Mühle einzurichten. Davon hatte er keine Ahnung, aber da es für einen Verwandten des Caid war und niemand mehr verstand als Koller, musste er das machen. Da hätte ihm der Gastgeber seine dreizehnjährige Tochter ins Bett gegeben, als ganz besondere Wertschätzung. „I wollt doch nix von dem Kind wissen, des noch nicht mal an richtigen Busen ghabt hat. Derzu hat es sich mit Henna für mich schön gmacht. Und des Zeug stinkt doch so jämmerlich, i kann es net riechen. Da bin i zum Gastgeber gangen und hab mich entschuldigt, i hätt den Tripper. Glaubt Ihr, der wollt des gelten lassen? Da musst i schon noch erzählen, dass für mich des sehr schmerzhaft wär, weil i grad so eine Kur machen würd."

„Wie alt war denn Deine Fatima, als Du sie geheiratet hast, Harry?" will Otto Baier wissen. „So sechzehn wird sie wohl gewesen sein, genau wissen die es ja selbst nicht. Aber Feuer hatte die." „Waren Sie mit einer Marokkanerin verheiratet, Herr Berg?" will Inge Wieser wissen. „Fünf Jahre, länger tat es nicht gut."

Das Gespräch wird unterbrochen. Paul Yvert mit Frau und den beiden anderen Europäern aus Sidi Lahsen treten ein. Sie trinken ein Glas mit, man redet über den Film den sie eben gesehen hatten, dann verabschieden sie sich und mit ihnen Harry Berg. Die anderen bleiben.

Nach der zehnten Flasche Wein trinkt man mit Wiesers auf Du. Nach der zwölften wirft Otto Baier den Koller Franz zur Türe hinaus, weil der ihn einen alten Nazi geheißen hat. Aber Adam holt den Franz wieder herein und beschwört Otto in Zukunft den Franz auch keinen Rotgardisten mehr zu nennen und Hilde klärt Wiesers auf, dass das jedesmal in diesem Zustand geschehe, nur, dass manchmal auch der Franz den Otto vor die Türe setze, je nachdem wer mehr getrunken hätte. Nach der dreizehnten Flasche ist alles wieder versöhnt und man spricht nicht mehr von Politik. Nur drängen jetzt die Frauen Schluss zu machen. Als Otto unbedingt selbst noch nach Bu Seraul zurückfahren will, da nimmt ihm Gerda die Autoschlüssel ab, legt Otto auf die Rückbank und fährt selbst.

Zehn Arbeitstage hat Karl Wieser nun bereits hinter sich und noch immer hat man ihm keine Arbeit zugewiesen. So sah er die Pläne durch, schaute die früheren Arbeiten an, überlegte sich wie dieses und jenes gemacht wurde, und das tat er immer wieder bis er sich schließlich langweilte. So versuchte er oft mit seinem Gehilfen zu plaudern und auch Brahim der Gehilfe des Geologen beteiligte sich an den Gesprächen wenn er in Wiesers Büro kam, und das war oft.

Ahmed selbst ist zurückhaltend. Am liebsten sitzt er am Fenster und beobachtet die Vorübergehenden. Sieht er dann einen guten Bekannten, und das hat Ahmed viele in Irahi, dann ruft er ihn zu einem ausgedehnten Gespräch vor die Türe der Geometrie. Da sein Chef keine Arbeit hat fällt auch nicht viel für Ahmed an. Zu den wenigen Lichtpausen, die er zu machen hat, lässt er sich viel Zeit. Er braucht dazu auch einen Gehilfen, denn der Pausrahmen in dem die Abzüge an der Sonne im Freien gemacht werden ist schwer. Und bis Ahmed solch einen Gehilfen findet, meist ist es Brahim, vergehen in der Regel ein bis zwei Stunden. Nicht selten kommt es vor, dass dieser Gehilfe bereits nach kurzer Zeit wieder geholt wird, dann geht eben Ahmed erneut suchen.

Nun sitzt Ahmed schon eine halbe Stunde am Fenster ohne einen seiner Bekannten entdeckt zu haben. Da kommt Brahim und hat eine Lichtpause für Carol Horvath zu machen. Doch bevor die beiden Marokkaner an die Arbeit gehen unterhalten sie sich. Dann wendet sich Brahim an Karl Wieser: „Monsieur, Du bist doch aus Deutschland. Wieviel Stunden fährt man mit dem Auto dort hin?"

„Vier Tage fährt man schon, wenn man zügig fährt und sich nirgends aufhält."

„Vier Tage? Oh, das ist sehr weit. Ahmed hat nämlich gesagt, dass man von Casa aus fünf Stunden braucht. Und ich habe ihm gesagt, dass man einen ganzen Tag fährt."

„Von Casa aus kann man in fünf Stunden nach Deutschland kommen, aber mit dem Flugzeug. Und das ist zehnmal so schnell wie ein Auto."

„Monsieur, ist es in Deutschland gut? Wer macht dort Messgehilfe, sind es auch Marokkaner?"

„Nein Brahim, die Messgehilfen dort sind auch Deutsche. Alle Arbeiten dort werden von Deutschen gemacht. Auch Straßenkehrer wie Sindbad sind Deutsche."

„Und die haben keine Marokkaner, die ihnen helfen und die schwere Arbeit machen?"

„Aber nein, Ahmed, warum auch? Das ist ihre Arbeit und jeder muss sie selbst machen. Dafür werden sie doch bezahlt."

„Was verdient dann ein Messgehilfe in Deutschland, Monsieur?"

„Etwa fünfmal so viel wie Du, Ahmed. Er muss allerdings fest arbeiten und ist jeden Tag im Gelände, auch wenn es regnet und sehr kalt ist."

„Wenn ich so viel verdienen würde, dann würde ich auch fleißiger arbeiten, Monsieur. Aber bei meinem Lohn ist das schon zu viel was ich jetzt tu."

„Monsieur, das stimmt. Aber wir sind froh, dass wir überhaupt eine Arbeit haben. Viele Marokkaner haben das nicht, auch viele junge Leute nicht, und das ist schlimm. Die können nicht heiraten weil sie kein Geld haben um sich eine Frau zu kaufen. Und eine Frau kostet viel Geld. Monsieur, schau einmal wenn wir unseren Lohn ausbezahlt bekommen, wie viele da neben dem Fenster stehen und die Hand aufhalten. Es sind meist Frauen und Kinder von den Typen, die in der Mine tödlich verunglückt sind. Da gibt die Société der Familie einen Jahreslohn und damit ist es erledigt. Schau Mohamed an, der hat vor fünf Jahren in der Mine ein Bein verloren. Bis jetzt hat er noch nichts dafür bekommen, nicht einen Franc. Und er ist froh, dass er wenigstens noch beim Chemiker helfen kann. Er verdient jetzt viel weniger wie vorher, aber wenn er nicht jemand in der Familie von Monsieur Jabbag gekannt hätte, wäre er entlassen worden."

„Sag Brahim, ist es nicht besser geworden seit Marokko selbständig ist. Ich habe gehört, dass ihr jetzt bessere Gesetze hättet."

„Oh, Monsieur, bei den Franzosen hatten wir schlechte Gesetze, aber man bekam wenigstens sein Geld, auch wenn man lange warten musste. Jetzt haben wir bessere Gesetze, aber man bekommt gar nichts mehr. Da muss man schon jemand gut kennen oder viel zahlen, wenn man zu seinem Recht kommen will."

„Dann ist es für Euch nach der Selbständigkeit nicht besser geworden, Brahim?"

„Bis jetzt noch nicht, Monsieur, im Gegenteil. Seit drei Jahren haben wir den gleichen Lohn und alles ist viel teuer. Vieles kostet jetzt doppelt so viel wie vor drei Jahren. Zum Beispiel kostet jetzt ein Kilo Zucker hundertneunzig Francs und vor drei Jahren hat es noch achtzig gekostet. Und wir Typen brauchen viel Zucker für den Tee, den wir doch immer trinken. Ich brauche für meine Familie in der Woche zweieinhalb Kilo Zucker. Aber jetzt soll es dann besser werden, ja, es wird bestimmt besser, Inschallah."

Horvath tritt ein. „Guten Tag, Monsieur Wieser, wie geht's? Brahim, bist Du mit dem Plan fertig? Sag mal, was hat Du nur bis jetzt gemacht? Komm, mach schnell, ich brauche ihn. Übrigens, Monsieur Wieser, Ihr Kollege aus Ait Ali wird übermorgen kommen um Sie in die Arbeit einzuweisen."

„Guten Tag , Monsieur Horvath. Übermorgen ist es also so weit. Sie dürfen mir glauben, dass ich froh bin um dann endlich mal eine richtige Arbeit zu bekommen. Im Übrigen sprachen wir gerade über die Löhne der Marokkaner und, dass der Zucker so teuer geworden ist. Ich fühle mich etwas schuldig, wenn Brahim noch nicht fertig ist," erwidert Wieser deutsch und Horvath antwortet genauso: „So eilt es nun wieder auch nicht, Herr Wieser. Aber man darf es nicht zugeben, sonst wird eine Arbeit überhaupt nicht fertig. Was die Löhne betrifft, sie sind wirklich sehr niedrig. Wir sind hier auch in der untersten Lohnzone. Obwohl die Produktivität eines ungelernten Arbeiters nicht groß ist, und bei den Menschen hier fehlt doch auch das Verständnis für eine geregelte Arbeit von Kind auf, verdient die Firma gut an den Leuten. Es ist hier eine große Reserve an billigsten Arbeitskräften, was in Europa nicht ist. Daher kann man hier billiger produzieren und verdient doch mehr."

„Rechnen wir alle in abhängiger Stellung zusammen, auch die leitenden Angestellten, dann verdient im Durchschnitt ein Europäer etwa sechsmal so viel wie ein Marokkaner. Ich hab mich damit einmal etwas beschäftigt und mir die nötigen Unterlagen zusammen getragen, allerdings waren sie noch aus der Zeit des Protektorats. Aber es hat sich da nicht allzu viel geändert. Wie gering der Verdienst der Marokkaner ist, das zeigt vielleicht die Tatsache, dass im Durchschnitt eine Arbeiterfamilie mehr als die Hälfte ihres Einkommens allein für Nahrungsmittel ausgeben muss. Und dass diese Nahrungsmittel die billigsten sind, die es im Land gibt, das dürfen Sie mir glauben. So kaufen alle Marokkaner zusammen weniger Frischfische wie die Europäer ein, die nur den fünfzehnten Teil der Bevölkerung ausmachen."

„Dafür verbrauchen wir Europäer weniger Zucker, Brahim sprach vorher davon."

„Zucker ist eines der am höchsten besteuerten Verbrauchsgüter. Etwa die Hälfte der Staatseinnahmen kommt von Verbrauchssteuern, während die Gewinne der Aktiengesellschaften nur ganz gering besteuert werden, in Frankreich müssten sie dreimal so viel bezahlen."

„Da ist Marokko ein Eldorado für Großunternehmen."

„Das war es wenigstens bis zur Unabhängigkeit. Nun ist die Lage hier etwas unsicher. Auch verliert das Geld hier stark an Wert und man bringt es nicht mehr unbegrenzt ins Ausland. Dazu kommt, dass wegen der Unzufriedenheit der Bevölkerung doch gewisse soziale Reformen in Angriff genommen werden müssen. Das kostet den Staat Geld und er muss die Gewinne nun ein klein wenig stärker besteuern."

Es klopft. René Blanc, im blauen Arbeitsanzug und Grubenhelm, tritt ein: „wie geht's, Messieurs? Ahmed, gib mir meine Lampe!" Dann wendet er sich an Horvath und Wieser: „Da hat doch so ein Typ auf Sohle zweihundertzwanzig den Arm abgeklemmt! Bringt ihn zwischen ein Drahtseil und ein laufendes Rad! Der Arm ist futsch! Die Typen stellen sich auch an wie die ersten Menschen. Jetzt hat man seine Arbeit damit, Bericht schreiben, melden. Haben Sie den Plan von Sohle dreihundert schon so weit, Monsieur Horvath? Wir sollten dort einen neuen Schacht festlegen um gut ins Erz zu kommen. Können Sie heute Nachmittag einmal kommen?"

Heute beginnt Armand Becker seine Inspektion erst kurz vor vier Uhr. Fast zwei Stunden braucht er in der Regel dafür, und er nimmt sich diese Zeit jeden Tag. Nur liegt sie nie fest, einmal ist er schon bei Arbeitsbeginn unterwegs, einmal nachmittags. Es ist ohne jegliche Regel und solange er an einem Tag noch nicht an einem Arbeitsplatz erschienen ist muss man damit rechnen, dass jederzeit sein dunkelroter Buick erscheinen kann.

Heute ist Armand Becker zuerst am Förderschacht. Ganz dicht fährt er zu den beiden Männern die die vollen Wagen aus dem Förderkorb ziehen. Doch da entdeckt Becker wie sich Hassan hinter dem Turm verdrückt. Er ruft ihn zu sich. „Hassan, was hast Du für eine Stelle hier?"
„Ich bin Postenführer, Monsieur."
„Wo bist Du Postenführer, hier oben oder in der Mine unten?"
„In der Mine, Monsieur. Aber ich wollte nur kurz schauen was hier oben los ist, wir bekommen nicht genug leere Wagen auf Sohle minus hundertachtzig West."
„Ist es Deine Arbeit hier oben danach zu sehen? Sag das Fabry und mach, dass Du runter kommst! Ich werde Dir helfen, Dich hier oben herumzudrücken. Das kostet Dich tausend Francs Prämie. Lass Dich ja nicht mehr während Deiner Schicht hier oben sehen, Du kommst dann nicht mehr so billig weg." Dann wendet sich Becker

33

an die beiden anderen. „Was ist los, warum kommen auf minus hundertachtzig keine leeren Wagen?"

„Wir schicken alle gleich wieder hinunter, die von dort kommen. Aber fast alle Wagen sind auf Sohle minus zweihundertzwanzig. Von dort kommt bis jetzt nicht viel hoch, Monsieur."

„Dann schickt alle die hochkommen auf dem schnellsten Weg auf minus hundertachtzig. Schlafen könnt Ihr nach Eurer Schicht, nicht hier. Wieviel Wagen haben wir jetzt?"

„Vierhundertzwanzig".

Da bemerkt Armand Becker wie sich zwei Männer am Förderband abquälen. Ein großer Stein hat sich im Ladetrichter festgeklemmt. Mit schweren Eisenstangen versuchen die beiden den Abwurf wieder frei zu bekommen. Ihre Gesichter glänzen vor Schweiß. Sofort fährt Becker zu ihnen. „Bringt Ihr das bisschen Stein nicht durch, Ihr Faulpelze? Warum geht Ihr nicht näher ran? Habt wohl Angst um Euer bisschen Leben? Merkt Euch, ich kann hier keine Hosenscheißer brauchen. Es warten genug auf Euern Platz. Wenn ich oben bei der Aufbereitung bin dann kommt wieder Material hoch, verstanden. Sonst könnt Ihr Eure Papiere holen."

Becker fährt weiter, wieder am Förderschacht vorbei. Da kommen eben Albert Fabry, der Chef der Mine und Adam Goldmann aus dem Schacht. Becker hält und ruft die beiden zu sich an den Buick. „Fabry, dem Hassan ziehen Sie tausend Franc an seiner Prämie ab. Der Kerl hat sich hier oben herumgedrückt. Warum haben wir bis jetzt erst vierhundertvierzig Tonnen? Da kommen wir nicht auf sechshundert. Warum kommt nicht mehr hoch?"

„Wir hatten auf der Taille eins zwei Stunden keine Luft. Der alte Kompressor war kaputt."

Beckers kleine Augen werden stechend und gefährlich. „Monsieur Fabry, erstens kann man so kurze Zeit auch einmal ohne Luft arbeiten, und zweitens ist das ein neuer Kompressor. Merken Sie sich das ein für alle Male, Ich will nie wieder hören, der Kompressor sei alt. Wer hat Ihnen das gesagt?"

34

Die Fabrik

Adam Goldmann nimmt Albert Fabry die Antwort vorweg. „Es ist gut, Monsieur Becker. Auch wenn Sie sagen, dass der Kompressor neu sei, so ist er doch nicht mehr Wert als der alte. Und der war schrottreif. Das braucht einem niemand zu sagen, das merkt man. Aber Sie sind der Patron hier, Monsieur Becker, und Sie müssen es verantworten wenn die Förderung immer wieder für Stunden stockt."

„Zu Ihrer Arbeit, Monsieur Goldmann gehört es, dafür zu sorgen, dass auch bei kleinen technischen Störungen die Produktion nicht abfällt. Sollen Sie dazu nicht in der Lage sein, dann sind Sie hier fehl am Platz." Damit tritt Becker aufs Gaspedal und fährt ab, Richtung Garage.

„Jetzt macht er den Koller fertig. Doch was kann der dafür, dass der Kompressor streikte. Man muss sich überhaupt wundern wenn das Ding noch läuft. „Ja, Adam, den Koller möchte ich jetzt nicht sein. Und wie hat der geschuftet, damit wir wieder Luft bekamen. Komm, gehen wir in den Popote und trinken ein Bier, vor dem Alten sind wir die nächste Stunde sicher."

Lange hatte sich Inge Wieser gesträubt, jemand zum Essen einzuladen. „Ich kenne doch die französische Küche nicht und ich will mich nicht blamieren," hatte sie jedesmal gesagt, wenn ihr Mann sie drängte, endlich einmal Goldmanns einzuladen. Schon dreimal waren sie beim Essen dort und es wäre wirklich an der Zeit sich zu revanchieren. Schließlich gab Inge nach und nachdem nun heute wieder die Bestellung aus Marrakesch gekommen ist, werden die Goldmanns und der Koller Franz bei Wiesers zu Abend speisen. Mit Hilfe der Fatima hat Inge ein Menu zusammengestellt, das sie für ausreichend hält. Auch hoffe sie auf die Nachsicht der Gäste, die ja die Küche der Normalverbraucher in Deutschland kennen würden. Doch die Gäste sind zufrieden und loben sogar Inges Küche. Wie üblich geht die Unterhaltung während des Essens und vor allem zwischen den Gängen weiter.

War Becker wegen des Kompressors bei Dir, Franz? Fabry und mich hat er deswegen angesprochen wie wir hochkamen. Der Alte fuhr dann wohl direkt zu Dir?"

„Ah geh, was soll i mi da aufregn? Is des meine Schuld wann die alte Mühlen immer wieder verreckt? Was hab i mi angestrengt an dem alten Klump. I habs dem Alten eh damals schon gsagt, dass er damit rechnen muss, dass der Schlitten immer wieder ausfällt. Aber jetzt bin i trotzdem der Depp. Aus meiner Wohnung soll i aussi weil mei Alte eh nimmer zruck käm, in die Junggesellenburg soll i ziehn. Kein warms Wasser hast dort, keine Gitter vor den Fenstern, kein Gas gibt's, Wanzen hats. Da soll i eini, der Koller Franz. Na, des du i net, i net, lieber geh i."

Karl Wieser wundert sich, dass der Patron hier solch eine Macht hat, und dass kein neuer Kompressor gekauft wird, was doch billiger käme als der immer wieder anfallende Arbeitsausfall. Franz Koller klärt Karl auf. „Da is ja ein neuer kemmen. Aber den hat man gar net auspackt, der ging glei wieder zruck und is auf dem Alten sei Rechnung verkauft worden. Da hat der Becker ein ganz schönes Stangerl Geld gmacht. Aber red nix davon, Karl, es is wirklich gfährlich, der Patron schreckt vor nix zruck. Zwei sind hier verunglückt, die zviel gwusst ham und auspacken ham wolln. Wir wolln leben, also wissen wir nix."

„Ja, Karl, Becker hat hier eine sehr große Macht, über jeden von uns und erst recht über die Marokkaner, denn Casa ist weit weg, und dort interessiert nur der Profit. Berg warf übrigens heute im Popote mit Geld um sich, wem er das wohl abgeluchst hat?"

Bewusst schwenkt Adam Goldmann auf ein anderes Thema über und Karl Wieser gesteht dann auch gleich: „Berg bat mich um zehntausend Francs. Er sprach von momentaner Verlegenheit und versprach, mir das Geld am Zahltag zurück zu geben." „Des Geld hast gsehn!" ist Kollers Kommentar und Adam und Hilde Goldmann stimmen zu. Nun wird von Berg gesprochen, dass er sein ganzes Geld verspiele, überall Schulden habe und trotzdem versuche, auf großem Fuß zu leben. In Casa hätte er einmal eine ganze Anzahl Deutsche aufgesucht, sich als Vertreter einer kirchlichen Stiftung vorgestellt und gesagt, der Pastor würde ihn schicken um zu sammeln.

Auch sei es ihm damals gar nicht unangenehm gewesen, dass seine Frau auf die Straße ging und so Geld verdiente. Erst als sie zu trinken anfing und das Geld für sich ausgab, da sei die Ehe auseinander gegangen. Und Hilde Goldmann ergänzt: „Es ist nur schade um die Kinder, es sind zwei da, nette Kinder. Sie waren einmal hier, als Bergs Frau bei Becker war und bat, dass man ihr etwas Geld vom Gehalt ihres Mannes nach Marrakesch überweise, sie bekäme von ihm keinen Franc für die Kinder. Becker lehnte aber ab. „Ja, er hat abgelehnt weils eine Marokkanerin ist. Ach, es tut eh net gut wann man eine Einheimische heirat. Die müsstest halten wie einen Hund, dauernd Prügeln und net ohne Aufsicht lassen. An Freiheit sind die net gwohnt." Adam gibt Franz Recht. Hier hat die Frau kein Recht, sie hat kein Erbrecht an Grund und Boden, sondern ledig und als Witwe nur eine Nutznießung an den Bodenerzeugnissen ihrer Familie. Sie hat keine Seele, muss dem Mann dienen und ihm Kinder gebären. Sie hat kein Recht, sich vom Mann zu trennen, während der Mann sie jederzeit verstoßen kann. Sie sei in totaler Abhängigkeit vom Manne.

„Auch wir Frauen in Europa sind vom Mann abhängig, wenn auch nicht so stark wie hier. Wenn wir ein paar Kinder haben und der Mann lässt sich scheiden, dann können wir doch nicht von dem Betrag leben, den man uns gerichtlich vom Einkommen des Mannes zuspricht. Und wer heiratet schon eine Frau mit mehreren Kindern wenn sie nichts hat. Daher hängen wir viel mehr an der Ehe wie der Mann," ist Inge Wiesers Meinung und Adam Goldberg fährt fort: „Das ist wohl auch der Grund, warum die Marokkanerinnen so konservativ sind und am stärksten an der Beibehaltung der jetzigen Ordnung hängen. Im übrigen ist es bei uns Männern in sehr vielen Fällen wohl nur die Bequemlichkeit, das Versorgtsein, und nicht die Liebe, was unser ganzes Leben an eine Frau bindet, da wollen wir uns doch nichts vormachen."

„Ich glaube, dass wenn wir Frauen nicht dauernd die Angst um die Erhaltung der Ehe im Unterbewusstsein hätten, dann würden wir uns auch gelegentlich mal mit einem anderen Mann einlassen. Aber die Angst sitzt bei uns eben viel tiefer wie beim Mann, weil wir von ihm abhängig sind. Ich las da einmal einen interessanten Artikel. Der Autor behauptet darin, dass die Abhängigkeit der Frau mit der Arbeitsleistung kam.

Der Mann schafft die materiellen Güter, während die Frau schon durch das Gebären der Kinder ans Haus gebunden ist und dadurch die Aufgabe erhielt, diese Güter zu verwalten. Die Abhängigkeit der Frau würde in dem Maße abnehmen, in dem sie in der Lage sei, materielle Güter zum Unterhalt der Familie zu schaffen," sagt Inge weiter zu diesem Thema. Da lässt sich auch wieder Franz Koller vernehmen. Mit etwas schwerer Zunge bringt er seine Worte hervor: „Da hät ich also meine Alte kürzer halten müssen?" Schon lange hat die Fatima den Tisch abgeräumt und ist gegangen, die leeren Weinflaschen in Wiesers Küche bilden eine ansehnliche Zahl, da wird immer weiter geredet und getrunken. Karl erzählt von seinem Gespräch mit Horvath im Büro. Da erklärt ihm Adam: „Mit dem Doktor und dem Horvath haben wir zwei Vögel hier, wie man sonst keine mehr in der Provinz findet. Es sind Schwärmer von einer besseren Welt, die zu schön wäre, um wahr zu sein. Ich habe auch einmal an sie geglaubt. Doch für sie gibt es zu viele Becker."

2 Die Jungfernfahrt

Nach der Einweisung durch seinen Kollegen hat sich Karl Wieser nicht mehr über Arbeitsmangel zu beklagen. Fast jeden zweiten Tag ist er nun in der Mine. Meist hat er in Irahi zu arbeiten, aber auch in Tarasut und Sidi Lahsen war er schon. Beides sind Nebenminen, die eine zwölf, die andere dreißig Kilometer von Irahi entfernt. Während Tarasut fast ausgebeutet ist, liefert Sidi Lahsen täglich hundertvierzig Tonnen Erz.

Jeden Tag fährt fünf Minuten nach Arbeitsbeginn ein Lastwagen von Irahi über Tarasut nach Sidi Lahsen ab, um Handwerker und Material dorthin zu bringen. Auch Wieser muss sich dieser Gelegenheit bedienen wenn er dort zu arbeiten hat. Heute muss er nach Tarasut. Der Lastwagen wartet vor dem Büro, es ist Zeit zur Abfahrt und alles ist bereit. Nur Ahmed fehlt noch. Zehn Minuten wartet der Fahrer, dann erklärt er, dass er nun abfahren müsse sonst bekäme er es mit dem Patron zu tun, ein Glück dass er ihn noch nicht entdeckt hätte.

Bald nach der Abfahrt des Lastwagens kommt Ahmed und beginnt die Geräte für die Arbeit zu packen. „Warum kommst Du so spät, Ahmed?" „Der Lastwagen ist nun fort." Ahmed schaut auf seine Uhr. „Ja, Monsieur, er ist fort. Aber vielleicht fährt bald ein anderer nach Tarasut."
„Ich habe Dich gefragt warum Du zu spät kommst. Du hast doch gewusst, dass wir mit dem Lastwagen fahren müssen. Wenn der Patron das erfährt gibt es Krach."
„Was kann ich dafür, dass ich verschlafen bin. Mulanah hat das so gewollt. Und da will er auch dass wir nach Tarasut kommen. Frag einmal Monsieur Horvath, vielleicht fährt der. Da kannst Du auch telefonieren."
„Und wenn Dein Mulanah nun kein Auto mehr nach Tarasut schickt, was dann?"
„Dann hat er dafür seinen Grund. Alles ist gut was Mulanah tut und niemand darf mit ihm richten und nach seinen Gründen fragen. Man wird das sonst einmal bitter bereuen."

Obwohl Wieser eine harte Antwort auf der Zunge liegt, hält er sich zurück. Was hätte es auch für einen Sinn gegen eine solche Lebensauffassung anzugehen. „Gut, ich werde Monsieur Horvath fragen. Schau Du ob sonst ein Wagen fährt. Komm aber gleich wieder, wir haben heute viel Arbeit."

Wieser erreicht nichts, Horvath hat in Irahi zu tun. Ahmed kommt nach einer halben Stunde. „Monsieur, jetzt fährt niemand. Vielleicht in einer Stunde. Inschallah."
„Solange kann ich nicht warten, Ahmed. Monsieur Blanc braucht heute Abend den Plan und ich muss ihm nun sagen, dass ich wegen Dir nicht rechtzeitig nach Tarasut kommen konnte. Was meinst Du dazu?"
„Monsieur, Du kennst doch Monsieur Koller gut, frag ihn doch, ob er Dir ein Auto hat. Monsieur Carboni hat immer ein Auto geholt."

Karl Wieser gehört zu den Menschen die sich ihr ganzes Leben lang nie für Autos interessierten. Einen Mercedes konnte er von einem Volkswagen unterscheiden und wo das Lenkrad war wusste er auch. Und mit diesen Kenntnissen ausgestattet, machte er vor seine Abreise aus Deutschland noch den Führerschein, denn ein Kenner Marokkos hatte ihm das geraten. Den Führerschein hatte nun Karl Wieser, aber außer seinen Fahrstunden in einem Volkswagen keinerlei Fahrpraxis. Nun bietet sich das erste Mal die Gelegenheit selbst zu fahren, das erfüllt Wieser mit einer gewissen Freude. Er geht in die Garage zu Franz Koller und fragt nach einem Wagen. „Den alten 2CV kannst nehmen, bis jetzt hat sich eh für den noch niemand angmeld. Weißt wie er geht? Wart, i zeig Dirs." Franz holt den Schlüssel und sie gehen zu einem alten verbeulten Fahrzeug. Die Motorhaube ist mit Draht an der Stoßstange befestigt, das Dach ist zerrissen, die Kotflügel eingebeult. Doch auch ein neues Fahrzeug hätte Karl Wieser nicht mehr bedeutet. Die beiden setzen sich hinein und Koller erklärt kurz die Lage der Gänge. „Jetzt probier mal, Karl. Es is eh kein Hexenwerk." Karl setzt sich ans Steuer und probiert. Bald geht es.

„Also, fahr zu. Leg den zweiten Gang ein, i schieb Dich an. Die Battrie ist leer. Aber Du hast eh Dein Typ bei Dir, der kann ja schiebn wenn den Motor anlassen willst." Im zweiten Gang fährt Wieser vor sein Büro. Das Material wird eingeladen. Ahmed schiebt an, der 2CV läuft. Es geht auf die Straße nach Tarasut. Dann schaltet Wieser in den dritten Gang. Er freut sich wie ihm der Wagen gehorcht. Es ist seine erste Fahrt allein in einem Auto.

Dann kommt eine Steigung. Karl will in den zweiten Gang zurückschalten, kommt jedoch in den vierten. Der 2CV steht. Aber auf der ansteigenden Straße kommt das Fahrzeug nicht genug in Fahrt. Wieser wendet und fährt bergab. Der Motor springt an, der Wagen läuft. Wieser will wenden, schaltet auf den ersten Gang zurück und erwischt den dritten. Der 2CV steht. Also nochmals bergab. Das Gefälle ist nun zu Ende, Ahmed muss wieder schieben. Der Motor springt an und nun klappt es auch mit dem ersten Gang. Wieser findet auch einen Platz zum Wenden ohne rückwärts fahren zu müssen. Im ersten Gang nimmt er die Steigung. Ein Stück ebene Straße kommt, Karl will in den zweiten Gang schalten und erwischt den vierten. Wieder steht der 2CV. Wieser fängt an zu schwitzen. Ahmed schiebt, aber da der vierte Gang eingelegt ist, ist alle Mühe vergebens. Der 2CV streikt. Schwitzend stehen beide am Fahrzeug und öffnen die Motorhaube.

Ein Lastwagen der Firma kommt vorbei und hält. Bald weiß der Fahrer Bescheid und der 2CV läuft. Wieser bedankt sich und fährt los. Aber schon beim nächsten Schalten kommt er wieder in den falschen Gang. Das Spiel beginnt von neuem bis wieder ein Lastwagen kommt und der Fahrer den 2CV fahrbereit macht. Er sagt nun auch was Wieser falsch gemacht hat und erklärt nochmals die Gänge, diesmal etwas ausführlicher als es Koller tat, und nun hofft Wieser es verstanden zu haben.

Jetzt geht es ein gutes Stück weiter und Karl Wieser hofft es nun zu schaffen. Die Freude am Fahren ist ihm gründlich vergangen. Da kommt Qualm aus dem

Motor. Die Straße steigt weiter an. Nur nicht halten, denkt Wieser, die Steigung ist nicht lang und danach kann ich ihn fast bis Tarasut rollen lassen. Doch der Qualm wird stärker, es stinkt furchtbar. Ahmed öffnet die Tür und hält sie fest, jederzeit zum Absprung bereit. Der Qualm nimmt Wieser fast die Sicht, seine Augen beißen und tränen. Nur vollends hinauf, ist sein einziger Gedanke. Endlich ist es geschafft. Die Qualmwolke hält an und die beiden Insassen stellen sich schweißgebadet daneben. Ahmed öffnet vorsichtig die Motorhaube. Eine dicke gelbe Rauchwolke steigt hoch. Da kommt ein Lastwagen und hält. Der Fahrer besieht sich das rauchende Etwas. Dann hat er es gefunden. Der Motorverschlussdeckel fehlt, eine Menge Öl ist auf den heißen Motor gespritzt und dort verbrannt. Ein Propfen aus Putzwolle muss nun den Deckel ersetzen.

Soll der Teufel alle Autos der Welt holen, denkt Karl Wieser als er zwei Stunden nach seiner Abfahrt in Tarasut ankommt.

„Inge, der Fakir ist eben aus Agadir zurückgekommen Er hat viel frische Ware. Gehst Du gleich mit? Meine Fatima wartet draußen.
„Ich komme gleich, Hilde." Inge Wieser geht in die Küche. „Fatima, Fakir ist eben aus Agadir gekommen. Ich gehe mit Madame Goldmann ins Dorf. Komm gleich nach und bring den großen Korb mit."

Hilde Goldmann und Inge Wieser gehen die Straße bis ans Ende der Stadt. Dann überqueren sie auf einem Pfad den Bergrücken, hinter dem das Dorf liegt. Sie hätten auch quer durchs Gelände gehen können, denn der Pfad ist nicht viel besser. Nur die größten Steine sind etwas auf die Seite geräumt, doch es verbleiben noch genügend über die man gehen muss. Und diese Steine sind hart, mit messerscharfen Kanten und Zacken. Hilde geht vor Inge, denn für zwei Personen ist der Weg zu schmal. Den Schluss bildet Goldmanns Fatima, die den Korb auf dem Rücken trägt.

43

Im Dorf ist Fakirs Haus eines der besten, die von den Marokkanern selbst errichtet wurden. Zur Straße hin hat es außer der niedrigen Türe sogar ein winziges, vergittertes Fenster. Türe und Fenster sind weiß eingefasst um bösen Geistern den Zutritt zu verwehren. Der Lehmverputz ist sauber und an den schadhaften Stellen sogar ausgebessert.

Vor dem Haus geht ein Barbier seinem Handwerk nach. Auf einem alten wackligen Stuhl sitzt sein Kunde, dem der Bart geschoren wird. Einen Monat alt dürfte dieser Bart sein. Seife wird bei der Prozedur nicht verwendet, das käme zu teuer. So kratzt es entsetzlich wenn das Messer über die Haut fährt. Doch der Kunde verzieht keine Miene. Direkt neben Fakirs Ladentüre hockt ein alter Bettler. Immer sitzt er dort, stumm und reglos, und hebt nicht einmal die Hand wenn jemand vorbei geht.

Wenn man in den Laden tritt so braucht es einige Zeit bis sich die Augen an die Dunkelheit gewöhnen. Es ist klein dort, der Fußboden ist Lehm, die Decke aus rohen Balken von faserigen Palmstämmen, über die Blech gelegt ist. Eine Türe führt in den anschließenden Wohnraum. Viele volle Kisten stehen heute im Raum, hinter denen Fakir auf einem Hocker thront. Zwei Halbwüchsige bedienen die Kundschaft, die jedoch die beiden kaum beachtet und sich jedes Stück selbst auswählt.

„Was macht das alles?" fragt die Europäerin, deren Fatima mit einem großen Korb den Laden verlässt. „Achthundertsechzig Francs, Madame".
„Was, achthundertsechzig Francs? Für das bisschen Zeug? Und schlecht ist es dazu noch. Achthundert Francs sind genug. Hier sind achthundert Francs."
„Aber Madame, die Ware ist ganz frisch und Du hast selbst das Beste ausgesucht."
„Soll der Spinat frisch sein? Und die Rettiche? Nein, achthundert Franc sind mehr wie genug."
Fakir nimmt das Geld.

Vor dem Laden

„Er ist froh wenn man überhaupt gleich bezahlt. Vor allem die Marokkaner lassen meist aufschreiben und er hat seine liebe Not bis er sein Geld hat, wenn er es überhaupt je sieht," klärt Hilde auf. Beide wählen nun auch Stück für Stück aus: Tomaten, Orangen, Pampelmusen, Artischocken, Auberginen, Mandarinen, Kohl, von allem was im Laden ist nehmen sie. Die Halbwüchsigen wiegen ab und verstauen alles in den Körben, die nun die Fatimas zurücktragen.

Auf dem Rückweg sagt Hilde: „Es ist doch fein, dass man den nächsten Montag hereingearbeitet hat. Jetzt gibt es drei freie Tage, denn am Dienstag beginnt der Ramadan. Wir fahren nach Marrakesch. Wollt ihr nicht mitkommen, wir haben noch Platz für Euch?"

„Nach Marrakesch, oh ja! Wenn Ihr Platz habt kommen wir gern mit. Karl hat bestimmt nichts dagegen."

Brahim kommt mit einer Pause in Wiesers Büro und muss einen eiligen Abzug für den Geologen machen. Doch bevor er damit anfängt redet er lange und ernst mit Ahmed. Immer wieder schüttelt Ahmed ungläubig den Kopf, dann wendet er sich an Karl Wieser, der die Vermessung vom Vormittag ausarbeitet.

„Es ist schlecht hier, Monsieur. Ja, es ist schlecht hier."

„Was ist schlecht, Ahmed?"

„Irahi ist ein Gefängnis, Monsieur."

„Wie kommst Du darauf, Ahmed?"

„Monsieur, Irahi ist ein Gefängnis. Schau, jetzt beginnt doch der Ramadan und es sind dann drei Tage frei. Und dem Brahim seine Frau ist sehr krank und er kann nicht zu ihr fahren."

„Warum kann er denn nicht zu ihr fahren? Hat er nicht auch drei Tage frei?"

„Er hat auch drei Tage frei, Monsieur, aber es fährt kein Auto dorthin wo er wohnt."

„Wo wohnst Du denn, Brahim? Jetzt fahren doch viele Autos weg, kannst Du da nirgends mitfahren?"

46

„Die fahren alle in Richtung Ouarzazate, Monsieur, und ich wohne in Richtung Tafilalet. Zu Fuß brauche ich zwei Tage bis ich bei meiner Familie bin."

„Und es fährt kein Auto in Deine Richtung?"

„Nein, Monsieur, keines."

„Was fehlt denn Deiner Frau, Brahim?"

„Ich weiß es nicht. Vor zwei Wochen hatte sie ein Mädchen geboren und seither hat sie Blutungen, starke Blutungen. Der Marabut hat ihr schon etwas gegeben, aber es ist nicht besser geworden."

„Warum lässt Du Deine Frau nicht hierher kommen, Brahim? Hier ist ein Arzt der helfen kann. In Deinem Dorf ist ja doch keiner. Wo wäre denn der nächste?"

„Ich glaube das ist hier. In Ksar-es-Suk ist auch ein Arzt, doch das ist noch weiter. Aber es hat ja doch keinen Wert, der Doktor hier gibt immer nur Aspirin. Immer gibt er Aspirin. Ich hatte einmal Fieber, da bekam ich Aspirin, und dann hatte ich einmal Kopfweh, da bekam ich auch Aspirin."

„Das stimmt, Monsieur, der Doktor gibt immer Aspirin. Mir hat er auch schon zweimal Aspirin gegeben, einmal da hatte ich Schmerzen im Knie und einmal da hatte ich Fieber. Jedem gibt der Doktor Aspirin."

„Aber es ist doch viel besser wenn Deine Frau hier ist und ein Arzt kann nach ihr sehen, Brahim. Wo sie jetzt ist hat sie doch gar keine Hilfe."

„Sie ist bei meiner Familie, Monsieur, und der Marabut ist nicht weit. Wenn der und Mulanah nicht helfen können, dann kann es der Doktor auch nicht."

„Monsieur, Brahim will seine Frau auch nicht in Irahi haben, weil es hier so viele Männer hat. Und seine Frau soll schön sein, sagt man."

Brahim protestiert, Ahmed verteidigt sich, das Gespräch der beiden wird heftig und Karl Wieser hat schon die Befürchtung, dass die beiden handgreiflich werden könnten. Plötzlich lachen beide. Dann sagt Brahim: „Monsieur, wo es so viele Männer hat wie hier, da ist es nicht gut, wenn man seine Frau hat. In meiner Familie ist meine Frau in guter Obhut. Ich gehöre zum Stamm der Ait Atta, das ist ein großer und starker Stamm und meine Familie hat eine gute Stimme in der Dschemma."

„Monsieur, Brahim ist immer noch stolz auf seinen Stamm, weil er als letzter in Marokko von den Franzosen unterworfen wurde."

„Ja, Monsieur, mein Stamm ist stark gewesen. Er hatte von hier aus nach Norden seine Winterweiden und die Sommerweiden waren auf den Kalkbergen des Hohen Atlas. Jedes Frühjahr und jeden Herbst musste er große Wanderungen machen, denn mein Stamm hatte große Herden. Als die Franzosen immer weiter in Marokko vordrangen und den Stämmen Land abnahmen, kamen immer mehr Leute ins Tal des Dades. Auch die Franzosen nahmen sich dort Land, weil es dort fruchtbar war, und für meinen Stamm wurde es immer schwerer, von den Winterweiden zu den Sommerweiden zu kommen, er kam mit den Herden nicht mehr durch das Tal des Dades, weil dort nun überall angebaut war wo etwas wuchs. Da hat sich mein Stamm gewehrt und hat viele Franzosen getötet. Mein Großvater hat mir viel davon erzählt und war sehr stolz darauf."

„Und was ist heute mit Deinem Stamm, Brahim?"

„Unser Stamm ist nun klein und es sind auch nur noch wenige, die mit kleinen Herden den Weg immer noch machen. Viele Familien wohnen nun im Schebel Sarrho weil ihre Herden so klein sind, dass sie nicht mehr wandern müssen. Und viele vom Stamm müssen fort von ihren Familien um Arbeit im Land zu suchen. Unser Stamm ist arm geworden, Monsieur, Mulanah hat es so gewollt."

Generaldirektor Armand Surand ist etwas kleiner als Paul Yvert, der ihm am Schreibtisch gegenübersitzt. Trotz seiner fünfzig Jahre ist Surand dürr, fast nur Haut und Knochen. Sein Kopf ist schlank, mit großen schwarzen Augen und einer auffallend hohen Stirn. Sein üppiger Haarwuchs ist wie eine Bürste geschnitten und bildet oben eine waagrechte Linie. Den schlanken Händen sieht man nicht an, dass sie einem früheren Bergmann gehören, der noch vor fünf Jahren eine Zeche des Konzerns in Frankreich geleitet hat.

„Es ist gut, dass Sie endlich hier sind, Monsieur Yvert, ich habe schon lange auf Ihren Besuch gewartet. Was gibt es in Irahi?"

„Seit ich in Sidi Lahsen bin habe ich nicht mehr viel Einblick. Horvath sieht sich nun etwas um. Am meisten wird Sie interessieren, dass der neue Kompressor gleich wieder nach Marrakesch zurückging. Er wurde gar nicht abgeladen."

„Davon habe ich bereits gehört. Wieviel ist eigentlich von den letzten acht Ladungen Grubenholz in Irahi geblieben?" Soviel ich gehört habe nur drei. Stimmt das?"

„Ja, Monsieur Surand. Dabei müssten die alten Stempel dringend ausgewechselt werden. Mich wundert, dass noch nichts passiert ist, an verschiedenen Stellen in den Minen ist das Holz dermaßen morsch. Es hat mich allerhand Nerven gekostet bis Becker die zwei Ladungen Eisenstempel bestellte. Jetzt will er aber nicht mehr. Er hatte versucht, eine Ladung in Bou Azzer oder Imini loszubringen. Aber man kennt ihn dort. Monsieur Surand, setzen Sie sich doch auch dafür ein, dass Eisenstempel bestellt werden."

„Ich werde tun was möglich ist, mein lieber Yvert. Haben Sie eigentlich das Gefühl, Becker weiß, dass die Sache mit dem Kompressor auch hier bekannt ist?"

Noch ehe Paul Yvert antworten kann, läutet das Telefon. Surand meldet sich. „Ah, guten Tag Monsieur Jabbag, wie geht es? Was macht die Familie? Was gibt es Neues?" Gut fünf Minuten dauert das Gespräch, dann legt Surand auf. „Es war Jabbag aus Rabat. Er teilte mir mit, dass bei der nächsten Sitzung im Ministerium auch über die Beteiligung der staatlichen BRPM an den Minen unseres Konzerns gesprochen würde."

„Das ist doch nur ein Trick, Monsieur."

„Ich glaube nicht, Jabbag hat diesen Einfluss. Da brauchen wir Becker wieder. Halten wir die Sache mit dem Kompressor einstweilen zurück."

In die Bucht, die sich unmittelbar an den Westabfall des Hohen Atlas in den Atlantik anschließt, schmiegt sich Agadir. Zu Beginn unseres Jahrhunderts ein bedeutungsloser kleiner Fischerhafen rückte Agadir im Jahre 1911 ins Weltgeschehen, als das Kanonenboot „Panther" dort erschien um die Interessen der deutschen Industrie gegen die französische Rivalität zu schützen und dadurch beinahe ein deutsch-französischer Krieg ausgelöst worden wäre. Erst kurz vor Ausbruch des zweiten Weltkriegs begann die Entwicklung Agadirs zu einem bedeutenden Handels- und Industriezentrum und internationalen mondänen Badeort. Dann stand 1960 Agadir wieder in den Schlagzeilen der Weltpresse, als dort am 1. März die Erde zwölf Sekunden bebte und die blühende Stadt vollständig zerstörte. Fast zwanzigtausend Menschen fanden damals den Tod. Inzwischen wurden die Trümmer beseitigt und mit einem großzügigen Wiederaufbau begonnen. Der Hafen ist wieder der Umschlagplatz für die Früchte des Tal des Suss und die Erze aus dem Antiatlas und Schebel Sarrho.

Auf der Bergkuppe im Norden der Stadt, auf der nur noch die mächtige Umfassungsmauer an die dort gewesene Marokkanerstadt, die Kasbah, erinnert, stehen Paul Yvert und Carol Horvath und genießen den herrlichen Ausblick auf Hafen, Stadt und den meilenlangen Sandstrand, den schönsten in ganz Marokko.

„Es geht doch sehr langsam mit dem Wiederaufbau, Paul. Gerade den Hafen, das Industrieviertel und die Hauptstraße mit den Geschäftshäusern hat man in den vergangenen Jahren gebaut. Mit dem Geld, das zur Verfügung stand, hätte bestimmt mehr erreicht werden können."
„Ich schätze dass von dem Geld gut die Hälfte verschwand ohne dass dafür auch nur ein Stein bezahlt wurde, Carol. Du kennst ja meine Meinung von den Marokkanern. Sie empfinden Korruption gar nicht als Missstand. Wenn ein Beamter Geld nimmt, so heißt es, der Mann ist gut denn er sorgt für seine Familie. Und wenn er gut ist und für die Familie sorgt, dann sorgt er auch für den Bittsteller. Glaubst Du, Becker hätte all die vielen Jahre hindurch so viel in seine eigene Tasche arbeiten können, wenn er

nicht Jabbags Bruder, der im Ministerium für Bergbau an leitender Stelle sitzt, an der Hand hätte?"

„Gewiss, aber bei Jabbags Bruder kommt das Geld sicher erst in zweiter Linie. Becker kann bestimmt nicht so viel bieten wie der Konzern. Jabbag und sein Bruder halten zusammen, und unser Jabbag ist Becker hörig."

„Stimmt, Carol. Dabei war es Jabbags Vater, den Becker einmal deckte. Es hing irgendwie mit einem sonderbaren Todesfall zusammen, man spricht von Mord. Aber die Jabbags sind Berber und keine Araber und halten nun zu Becker, dem der Vater für seine ganze Familie die Freundschaft versprach."

„Glaubst Du, dass ein Araber das nicht tun würde, Paul?"

„Nein, Carol. Du weißt, dass mein Vater viele Jahre in Marokko lebte und dass ich hier aufwuchs bis ich zur Ausbildung nach Frankreich ging. Auch zwei meiner Onkel verbrachten den größten Teil ihres Lebens in Marokko. Meine Familie hat also schon Erfahrung mit Berbern und Arabern hier im Land. Wir alle kamen zu der Auffassung, dass auf einen Araber kein Verlass ist, auch wenn er Dich zu seinem Freund erklärt. In irgendeiner Situation wird er Dich verlassen wenn es zu seinem Vorteil ist. Anders ein Berber, er wird auch unter Opfern zu Dir halten wenn er Dich zu seinem Freund erklärt hat.

„Ich scheue mich, nach Nationalitäten zu richten, Paul. Schließlich sind beides Marokkaner, wenn auch verschiedenen Ursprungs und wir sind doch nicht in der Lage sie zu unterscheiden."

„Trotzdem ist es so. Ich könnte das durch eine ganze Anzahl Beispiele erhärten."

Ich arbeitete auch einmal in Rabat mit einem Araber zusammen. Es war die erste Zeit meines Aufenthalts in Marokko. Ich behandelte in gut, so wie ich es von Ungarn her gewohnt war mit Menschen zusammen zu arbeiten. Ich schenkte ihm gelegentlich ewas und deckte Unregelmäßigkeiten in seiner Arbeitszeit. Auch er setzte sich für mich ein, half mir, dass ich zurecht kam. Er handelte mit Kaufleuten und Polizisten für mich, lud mich oft zu sich zum Essen ein und auch seine Frauen waren dabei.

Schließlich erklärte er mich zu seinem Freund. Kurz bevor ich aus Rabat wegzog borgte er dann von mir fünfhundert Dirham. Die habe ich nie mehr gesehen."
„Bei einem Berber wäre dir das nicht passiert, Carol."

Yvonne mit den beiden Kindern kommt, die auf der breiten Mauer herumgestiegen waren. „Es ist kalt, lass und zurückfahren, Paul. Wir haben jetzt genug gefroren."
„Im Atlas hat es geschneit, Madame Yvert, daher der kalte Wind. Ich hätte ja auch zu gerne gebadet. Vor einer Woche hätten wir herkommen müssen."
„Aber der Ramadan fängt jetzt an, Monsieur Horvath."
„Ja, leider. Das werden wieder vier Wochen!"
„Wenn es nach mir ginge dann würde ich nur in zwei Schichten zu sechs Stunden arbeiten lassen. Da würde das gleiche produziert und die Typen würden am eigenen Geldbeutel ihren Blödsinn zu spüren bekommen, oder nicht, Carol? Wie kann ein Mensch arbeiten wenn er von Sonnenaufgang bis Sonnenuntergang nichts isst und trinkt, bis spät in die Nacht aufbleibt um zu futtern und dann vor Sonnenaufgang aufsteht um sich nochmals den Wanst voll haut. Dabei haben wir Glück, dass der Ramadan in die kühle Jahreszeit fällt."
„Auch der Ramadan wird in zwei bis drei Generationen nur noch symbolisch sein, wie bei uns die Fastenzeit, Paul. Das Land muss industrialisiert werden wenn es seine Menschen ernähren will. Und in einer Industriegesellschaft ist kein Platz für einen unproduktiven Fastenmonat. Schon jetzt lässt ja in den Städten die Disziplin nach, sonst müsste nicht die Polizei die Restaurants kontrollieren und jeden Marokkaner festnehmen, der dort während der Fastenstunden etwas isst oder trinkt."
„Letztes Jahr seien es allein in Casa über zweihundert gewesen, die man erwischte und ein halbes Jahr einsperrte, Monsieur Horvat. Und die betroffenen Restaurants hat man bis zu einem Vierteljahr geschlossen."
„Diesmal werden es noch mehr sein, Madame. Und es werden immer mehr werden, das lässt sich auch durch Gesetze nicht aufhalten. Schließlich kommt dann auch der

Tag, an dem der Koran nicht mehr Staatsgesetz ist sondern nur noch ein Religionsbuch, an das sich Gläubige halten."

„Wie kann ein Religionsbuch, das vor dreizehnhundert Jahren geschrieben wurde, die Grundlage der Staatsgesetze sein. Glaubst Du, Carol, dass die Typen da jemals eine Änderung zuwege bringen?"

„Paul, die Besitzenden und Mächtigen brauchen die Religion, denn sie gibt ihnen eine gewisse Garantie ihres Besitzes, weil er ja von Gott gewollt ist. Hassan wäre bestimmt nicht mehr König von Marokko, wenn er nicht zugleich das religiöse Oberhaupt der Mohammedaner hier wäre. Die Fürsten Europas behaupteten ja auch, dass sie von Gott eingesetzt worden wären, und fuhren viele Jahrhunderte gut damit, denn das Volk war gläubig und lehnte sich nicht gegen Gottes Willen auf. Erst durch die Industrialisierung änderte sich da etwas, und so wird es auch hier kommen, ob mit oder ohne Revolution. Die Verhältnisse werden es einfach erfordern.

„Carol, hoffen wir nicht auf eine Revolution, das wäre grausam für uns Europäer hier. Doch gehen wir zum Abendessen, für uns gilt der Ramadan zum Glück nicht."

Wie ganz anders ist für Wiesers diesmal die Fahrt nach Marrakesch. Nicht langsam, fast im Schritttempo wie der Car von Driss, fährt Adam Goldmann über die Piste, sondern der Tachometer zeigt in der Regel sechzig Kilometer an. Nur wenn es durch eine Schlucht oder einen Oued geht und es auf den serpentinenreichen Steigungen über Bergrücken, schaltet Adam auf zwanzig Kilometer herab, ja es gibt Stellen, wo auch er nur Schritt fährt. Allerdings sind diese Stellen zu Wiesers Bedauern nicht sehr selten. Doch keine Stunde vergeht bis sie das Draa-Tal erreichen und durch den Fluss fahren. Eineinhalb Stunden danach sind sie in Ouarzazate und nehmen einen kleinen Drink bei Dimitri um Neuigkeiten aus der Provinz zu erfahren. Dann geht es weiter ins Tal des Imini, in den Hohen Atlas. Auf dem Tischka wieder ein Halt der zur Gewohnheit gehört wenn man die Passhöhe in 2260 Metern erreicht. Doch der Aufenthalt ist diesmal kurz, zu beiden Seiten der Straße liegt Schnee und es ist empfindlich kalt. In nicht enden wollenden Kurven führt nun die Straße hinab in das grüne Tal, vorbei an bewaldeten Berghängen, die immer wieder Ausblicke auf schneebedeckte Gipfel freigeben.

Nun sind Wiesers wieder in einer Stadt, unter tausenden Menschen. Sie sind wieder in einer grünen Landschaft. Und vor dem Fenster des Hotelzimmers steht ein Orangenbaum, dessen reife Früchte und weiße Blüten durchs Fenster schauen.
Wie schön ist doch dieses Marrakesch! Gueliz, die Stadt der Europäer, ist weiträumig, überall nur Villen in immer grünen und blühenden Gärten. In den Avenuen und Boulevards steht Baum an Baum Spalier und spendet im Sommer wohltuenden Schatten. Alle Gebäude sind in diesem warmen rotbraunen Ton, der Marrakesch den Beinamen ‚die Rote‘ eingebracht hat. Auch die Geschäftshäuser am Boulevard Mohammed V haben diese Farbe, sie allein überragen die Villenstadt in der sie keineswegs stören. Denn der Boulevard ist breit, flankiert von unzähligen Orangenbäumen mit reifen Früchten und weißen Blüten, geht er schnurgerade durch ganz Gueliz direkt auf die Koutoubia zu, dieses meisterhafte Minarett einer Moschee aus dem zwölften Jahrhundert. Die schneebedeckten Berge des Hohen Atlas bilden so klar den Hintergrund, dass man glauben könnte, sie nach einer Tageswanderung erreichen zu können. Dabei sind sie wohl achtzig Kilometer entfernt.

Welch ein Gegensatz zu Gueliz ist die Medina, die Stadt der Marokkaner. Haus steht an Haus, rot-braune Lehmmauern mit kleinen Öffnungen. Dazwischen ein Labyrinth von Schluchten, holprig und zu schmal um an einem beladenen Esel vorbei zu kommen. Selten ein Platz mit einem Brunnen. Kein Baum, kein Strauch, kein Grashalm. Nur Gerüche. Auch die Hauptstraßen sind nicht viel breiter. Durch sie quetscht sich ein Strom von Menschen, Eseln, Autos, Karren und Kamelen. Laden ist hier an Laden, zur Straße völlig offen, Höhlen gleich, die vollgestopft sind mit allen Waren die der Händler besitzt. Der sitzt davor in stoischer Ruhe, teilnahmslos anscheinend an all dem Treiben um ihn und doch scharf beobachtend und Käufer suchend.

Medina

Die Händler mit marokkanischen Handarbeiten halten sich dabei an die Europäer, sprechen sie an. „Madame, regardez, très jolis tapis, Chichaoua, ne pas cher."

Karl wird am Ärmel gezupft. Ein kleines zerlumptes Kerlchen, kahlgeschoren, Rotz bis zum Mund, hält seine kleine Hand auf: „Monsieur, monsieur. Ich habe Hunger." „Du Alemani? Alemani gut, sehr gut. Komm nur schauen. Schön Sach hier, nix taier für Sie."

Ein vollbepackter Esel drängt durch das Gewühl. Mit fortwährendem „Balek, balek, balek" verschafft sich dessen Herr Platz.

„You English? I have camarade in England. England very good. Come, only look, very beautiful. Not dear."

Da steht ein Blinder, geführt von einem kleinen Mädchen das einen flehend anblickt. Er hält eine Messingschale in der Hand. „J'allah, j'allah, j'allah" spricht er fortwährend vor sich hin.

„American? Halloo, how do you do? American good! Come here, look only".

„Brauchen Sie einen Führer? Ich bin vom Büro für Touristik. Ich zeige Ihnen die ganze Stadt. Die Stunde nur tausend Franc", fragt ein älterer Marokkaner mit rotem Fes und rotem Armband. Er erneuert sein Angebot, verlangt neunhundert, achthundert, siebenhundert, sechshundert und dann fünfhundert Franc. Aufdringlich folgt er Wiesers, immer wieder seinen Dienst anbietend, bis ihn Adam Goldmann zurecht weist. Wieder „balek, balek, balek". Ein Karren vollbeladen mit Stoffballen, wird von einem Mann durch die Gasse gezogen. Eine dicke Marokkanerin kommt nicht rechtzeitig zur Seite. Wüstes, lautes Geschrei und Gekeife, in das sich auch die Umstehenden sofort einmischen.

Wieder wird Karl Wieser am Ärmel gezupft, wieder ein Kerlchen, wieder eine offene Hand: „Monsieur?" Flehende, hungernde Kinderaugen blicken zu Karl Wieser hoch. Das hier ist nicht das Treiben beim Oktoberfest in München an einem Samstagabend. Gewiss, man schwimmt hier genauso im Strom, aber die Ansprache ist persönlich, aufdringlich, hartnäckig, von Menschen die mit den wenigen hier erbeuteten

Francs ihr Leben fristen müssen. Daneben die mit Waren übervollen Regale in den Läden. Leder, Metall, Holz, Wolle sind hier in wunderschöner Weise verarbeitet, in allen Farben leuchtend. Überfluss und Reichtum neben hungernden Kinder. Welch ein Gegensatz!

Inge Wieser entdeckt eine Puppe in marokkanischer Frauenkleidung. Sie bleibt kurz vor dem Laden stehen. Sofort wendet sich der Händler an sie: „Madame, kommen Sie, schauen Sie nur was ich habe. Alles ist sehr billig. Diese Puppe kostet nur dreitausend Francs."

„Wollen wir mal hinein gehen, Hilde? Ich hätte gern solch eine Puppe für meine Nichte.

„Ich kaufe sie gern für Dich, Inge, wenn Du willst." Inge ist einverstanden. Die beiden Frauen gehen in den Laden. Hilde frägt nach dem Preis der Puppe.

„Dreitausend Francs, Madame."

„Das ist viel zu viel, die kostet höchstens zwölfhundert. Wir sind keine Touristen."

„Das habe ich gesehen, Madame."

„Sonst hättest du wohl fünftausend verlangt?"

Der Händler lächelt. Er senkt den Preis auf zweitausendfünfhundert, dann auf zweitausend. Billiger könne er sich nicht geben. Hilde erhöht das Angebot auf dreizehnhundert Francs. Dabei bleibt sie.

„Madame, sag mir wo Du solch eine Puppe für dreizehnhundert Francs bekommst? In ganz Marokko nicht. Hier diese kleine bekommst Du für tausend. Ich habe eine Familie zu ernähren, sieben Kinder habe ich, Madame, die alle haben Hunger. Hast auch Du Kinder?" wendet sich der Händler an Inge. Und dann will er wissen wo die beiden Frauen wohnen, was ihre Männer dort arbeiten und wie es dort mit Arbeit sei. Inge wundert sich, dass Hilde so ausführlich Bescheid gibt und erklärt, die Puppe sei für Inges Tochter, die drei Jahre als sei, so ein liebes blondes Mädchen und er, der Händler hätte bestimmt seine helle Freude an dem hübschen Kind.

„Bekomme ich nun die Puppe für vierzehnhundert Francs?"

„Siebzehnhundert, Madame. Billiger kann ich sie nicht geben."

„Gut, sagt Hilde, nimmt die Puppe und legt fünfzehnhundert Francs aufs Regal.

„Madame, das ist zu wenig. Gib noch hundert Francs dazu."

„Dann behalte die Puppe," sagt Hilde legt die Puppe zurück, nimmt das Geld und verlässt mit Inge den Laden. Sie sind noch keine zwei Schritte gegangen, da bringt der Händler die Puppe.

„Also gib fünfzehnhundert. Weil es für Deine hübsche Tochter ist." Und damit ist der Einkauf abgeschlossen.

„Das ist hier aber eine anstrengende Arbeit, Hilde."

„Weißt Du, Inge, daran gewöhnt man sich. Man muss sich eben Zeit lassen, und das hat man doch. Außerdem macht es doch auch ein wenig Spaß, oder nicht?"

Solange die Frauen beim Einkauf sind unterhalten sich Adam Goldmann und Karl Wieser über Marrakesch. Adam erzählt von den Sehenswürdigkeiten, der Koutoubia, den alten Stadttoren, den prachtvollen Gräbern der Saadier-Dynastie, den Ruinen des Badi-Palastes, dem modernen Palais de la Bahia und vielen anderen Orten. Und da sich Karl Wieser dafür interessiert, verspricht ihm Adam wenigstens die wichtigsten Stellen morgen zu zeigen.

3 Bei der Arbeit

In Wiesers Büro wartet Brahim auf Ahmed um einige Lichtpausabzüge zu machen. Da Wieser gerade nicht viel Arbeit hat fangen die beiden ein Gespräch an.

„Ich komme da nicht ganz klar, Brahim. Da steht doch in eurem Kalender, dass der Ramadan hätte am Freitag beginnen sollen. Dann wäre am Freitag Feiertag gewesen. Aber am Freitag hat alles gearbeitet und erst am Samstag hat der Ramadan begonnen."

„Monsieur, wenn der Ramadan beginnt, das weiß kein Kalender. Der weiß es nur ungefähr. Erst wenn zwei ehrenhafte Männer beim Imam waren und ihm mitgeteilt haben, dass sie den Neumond gesehen hätten, beginnt der Ramadan. Das wird dann im Radio bekanntgegeben."

Dann wisst Ihr also am Tage vorher noch nicht, ob der nächste Tag Feiertag ist?"

„Es kommt oft vor, dass die Leute zur Arbeit gehen weil sie die Nachrichten am Morgen nicht gehört haben und darum nicht wissen, dass der Ramadan begonnen hat. Aber der Pförtner lässt da niemand ein. Früher sagte der Patron hier in Irahi, der Feiertag ist wenn er im Kalender steht. Da mussten wir oft arbeiten, obwohl Feiertag war. Aber Mulanah hat im eingegeben, dass das falsch war."

„Sag mal Brahim, ist in Irahi ein Marokkaner, der im Ramadan nicht fastet?"

„Alle fasten, Monsieur."

„Da esst ihr also erst wenn die Sonne untergegangen ist und dann noch vor dem Schlafengehen. Eine Stunde vor die Sonne aufgeht weckt euch der Imam, dann esst Ihr, spült den Mund aus damit keine Speisereste zurückbleiben und danach gibt es nichts mehr bis die Sonne wieder untergegangen ist, keinen Bissen, keinen Schluck, keinen Zug an einer Zigarette. Ihr macht die Nacht zum Tag und seid dann nicht mehr in der Lage, richtig zu arbeiten?"

„Mulanah ist wichtiger als die Arbeit, Monsieur, denn er hat uns die Arbeit gegeben und wir sind nur seine Werkzeuge. Eine Arbeit wird doch auch nur so gut und so schnell fertig, wie er es will."

Carol Horvath tritt ein. „Guten Tag, Monsieur Wieser, wie geht's? Ist die Pause schon fertig, Brahim?"

„Nein, Monsieur, Ahmed ist nicht hier."

„Vielleicht schläft er irgendwo in einer Ecke. Das ist im Ramadan durchaus möglich."

„Wir sprachen gerade auch vom Ramadan, Herr Horvath. Ich habe gefragt, ob hier in Irahi ein Marokkaner nicht fastet. Brahim sagt nein."

„Öffentlich getraut sich keiner aus der Reihe zu tanzen, hier nicht und in allen Minen unseres Konzerns nicht. Ich weiß aber einen Typ aus Bu Skur, einen Mineur, einen Bärenkerl, der schert sich nicht um den Ramadan. Er stellt beim Vesper seine Hacke neben sich, packt Brot und Tee aus und isst. Er würde jeden, der ihn angreift unbarmherzig zusammenschlagen."

„Muss er denn damit rechnen, dass er angegriffen wird?"

„Brahim soll es Ihnen erklären, Monsieur Wieser."

„Monsieur, Mohamed ist sehr stark und schlägt tüchtig zu. Davor haben die andern Typen Angst. Doch Mohamed wird sehen, wohin er kommt. Und der Magazinier von Bu Skur auch. Der macht auch keinen Ramadan, trinkt Wein und isst Schweinefleisch wie die Europäer. Mulanah wird auch ihn verdammen."

„Aber Brahim, viele machen das, aber nur heimlich. Hast Du noch niemals Wein getrunken?"

„Niemals, Monsieur, eher sterbe ich. Und es wird bei uns in Marokko nur darum schlechter, weil jetzt auch die Typen Wein trinken und den Ramadan nicht machen. Nur darum, Monsieur. Das sagt der Imam auch. Aber Mulanah sieht alles."

„Ben Said hat hier gelegen, Monsieur Becker, dieser Brocken hat seinen Brustkorb auf die Kante der Lore gedrückt. Er war sofort tot. Wenn er nur einen Meter weiter gewesen wäre hätte es ihm nicht mehr viel gemacht."

„Sie haben doch gesehen, dass die Holzstempel hier morsch waren, Monsieur Fabry, warum haben Sie die dann nicht erneuern lassen? Zu was sind Sie eigentlich hier?"

„Monsieur Becker, es steht mir nur noch so viel Holz zur Verfügung, dass es kaum für den Ausbau der neuen Sohlen reicht. Ich kann nur die allerdringendsten Stempel in den bestehenden Sohlen auswechseln. Wir haben Stellen wo es viel wichtiger war wie hier."

„War es hier vielleicht nicht wichtig, Monsieur Fabry? Ich habe den Eindruck, dass Sie das nicht richtig beurteilen können. An Ihre Stelle gehört aber ein Mann der das kann. Die Produktion stockt nun auf dieser Sohle für einen Tag, außerdem müssen wir die Witwe von Ben Said abfinden, ich mache Sie, Goldmann und Morato für die Kosten verantwortlich."

Da antwortet aus dem Hintergrund Adam Goldmann: „Sie können sich ruhig auch dazuzählen, Monsieur Becker."

„Was machen Sie hier, Monsieur Goldmann, Ihre Schicht beginnt doch erst in einer Stunde? Und seien Sie sehr vorsichtig mit Ihren unangebrachten Bemerkungen."

„Monsieur Becker, ich habe Ihnen schon vor zwei Wochen im Beisein von Monsieur Blanc und Monsieur Horvath gesagt, dass diese Stempel hier unbedingt ausgewechselt gehören. Und was war Ihre Antwort? Wir sollen damit warten bis genügend Eisenstempel hier wären weil dann die Zufahrt zum Förderschacht ausgebaut werden soll. Vor drei Tagen fragte ich Sie nach den Eisenstempeln für diese Stelle. Erinnern Sie sich noch an Ihre Antwort?"

„Monsieur Goldmann, es ist Aufgabe der Ingenieure einer Mine dafür zu sorgen, dass solche Unfälle nicht vorkommen. Sie müssten doch wissen wie schlecht die Stempel hier sind. Und wenn noch keine Eisenstempel für den endgültigen Ausbau zur Verfügung standen, so hätten Sie die Hölzer einstweilen auswechseln lassen können."

„Wir hatten aber nicht ein Holz dafür übrig. Ich sagte Ihnen das damals, Monsieur Becker und ich lehnte damals auch jede Verantwortung für diese Stelle hier ab. Stimmt es, Monsieur Blanc? Horvath und Fabry waren auch dabei."

René Blanc schaltet sich in den Streit: „Es hat keinen Sinn nun hier zu rechten, wissen Sie wie es Monsieur Morato geht?"

„Er hat Glück gehabt. Es sieht so aus als ob es nur die Haut an seinem linken Arm und Bein mitgenommen hat. Vielleicht hat auch die kleine linke Zeh etwas abbekommen, Blut sei genügend im Stiefel gewesen.

Armand Becker wendet sich wieder an Fabry: „Es sind ungefähr zwanzig Waggon, die hier herunter gekommen sind. Die bringen Sie heute Nachmittag weg und beginnen gleich mit dem Einsetzen der neuen Eisenstempel. Jabbag soll Ihnen geben was Sie brauchen. Morgen früh wird dann wieder gefördert. Die Arbeit in den Abbausohlen hier läuft weiter damit der Ausfall morgen nachgeholt werden kann. Bringen Sie dann noch eine kleine Skizze über den Unfall. Den Bericht für die Minenüberwachung machen Sie, Blanc, wir reden noch darüber. Heute Abend muss alles fertig sein wenn En Nseire kommt. Gehen wir nun und schauen was Morato macht.

Ganz breit sitzt Armand Becker in seinem Sessel. Auf der anderen Seite des großen Schreibtisches sitzt mit überschlagenen Beinen Charles Lucas und raucht. Er raucht unentwegt, zündet eine Pall Mall an der anderen an und wirft die Kippen achtlos auf den Fußboden. Neben ihm steht in unterwürfiger Haltung Ahmed Jabbag. „Diesen Monat haben wir fünf Ladungen Hölzer bekommen und drei ließen wir zurückgehen. Ich weiß, Ahmed, dass Du sie gut an den Mann gebracht hast. Was musstest Du bei diesem Preis zusagen?"
„Jede Woche eine Ladung, Monsieur Becker. Aber jetzt nach dem Unfall können wir schon eine Woche aussetzen, wir werden die Stempel hier brauchen."
„Gib das Holz ruhig weiter ab, Ahmed, solch einen guten Preis haben wir noch nie erzielt. Wir werden hier in der Mine Metallstempel nehmen. Fordern Sie nun zusätzlich zwei Ladungen davon an, Lucas, wir können den Bedarf nach dem Unfall glaubhaft machen. Und in Zukunft soll jede Woche eine Ladung Metallstempel kommen und weiterhin zwei Ladungen Holz. Dann bleibt uns immer noch eine Ladung davon zum Abgeben. Oder wollt Ihr auf die Nebeneinnahme verzichten? Ich auch nicht.

„Fordern Sie also sofort an, Lucas, und Du, Ahmed, gibst Fabry alle Eisenstempel die Du hast. Geh jetzt und schicke mir Blanc, er wartet dass ich ihn rufe."

Réné Blanc muss bereits im Vorzimmer gewartet haben, denn er tritt sofort ein wie Jabbag aus dem Zimmer ist. Die Begrüßung ist kurz.

„Um auf den Unfall heute zu kommen, Monsieur Blanc, wir müssen natürlich festhalten, dass die Leitung der Mine keine Schuld trifft. Halten Sie in Ihrem Bericht an das Ministerium in Rabat ferner fest, das Ben Said aus Selbstverschulden verunglückt ist. Man war eben beim Ausbessern der Hölzer, trotz Warnung von Morato hätte Ben Said die Stelle passiert, sei an ein Stützholz gestoßen und hätte so den Unfall ausgelöst. Morato hätte Ben Said noch zurückreißen wollen und sei dabei auch noch getroffen worden. Als Zeugen führen Sie Morato an."

Réné Blanc zertritt die Kippe seiner Zigarette mit der Fußspitze und wendet sich an den Patron: „Gut, ich werde es so darstellen, Monsieur Becker. Aber ich möchte dass Sie den Bericht mit unterzeichnen."

„Wenn Sie sich das nicht alleine zutrauen, warum nicht. Und nun, Monsieur Lucas, was werden wir En Nseire bieten müssen damit er den Bericht nicht nachprüft?"

„Soviel ich unterrichtet bin will sich En Nseire ein neues Auto kaufen. Wir könnten ihm dafür einen Kredit von dreihunderttausend Francs geben."

„Zweihunderttausend genügen, das Geld sehen wir nie wieder. Wir haben En Nseire ja auch noch über Jabbags Bruder in der Hand. Stellen Sie den Scheck aus, Lucas, und bringen Sie ihn mir."

„Was geben wir der Witwe von Ben Said, Monsieur Becker? Soviel ich weiß sind neun Kinder da. Ben Said war immerhin zwölf Jahre in der Firma."

„Geben Sie dreihunderttausend Francs, das sind immerhin fast zwei Jahreslöhne ihres Mannes. Und sagen Sie ihr, dass sie sich nach einer andern Wohnung umsehen soll, sie hat jetzt keinen Anspruch mehr auf eine Unterkunft der Société. Sie soll schauen dass sie hier weg kommt, ich habe es nicht gern wenn hier so viele Witwen sind. Meinetwegen geben Sie ihn noch das Fahrgeld, Lucas. Und Sie bringen mir den Bericht so gegen vier Uhr, Monsieur Blanc."

Der Draa ist einer der wenigen Flüsse, die vom Hohen Atlas nach Süden fließen und bis weit hinein in die Steinwüste Wasser führen. Und aus dem Draa kommt auch das Wasser für Irahi und Bu Seraul. In der Nähe von Et Tnine, inmitten von Palmengärten, hat der Konzern die Pumpstation. Dort beginnt die dreiundzwanzig Kilometer lange Leitung in der das Wasser nach Irahi kommt.

Die Leitung führt von Et Tnine aus steil bergan bis zum Wasserreservoir Skura. Immer in der Nähe der Rohre windet sich ein Pfad hoch, der die Bezeichnung Piste nicht mehr verdient. Man schafft die Strecke gerade noch mit dem Landrover. Skura ist der höchste Punkt der Leitung, von hier aus fällt es stetig sowohl nach Irahi wie auch nach Bu Seraul. Auch in diesen beiden Richtungen wird die Leitung von einer Piste begleitet, sie ist jedoch hier ausgebaut denn sie dient auch als Verbindung von Bu Seraul nach Irahi. Und auf dieser Piste wird auch das Kupfer von Bu Seraul nach Irahi zur Aufbereitung gefahren. Obwohl dauernd eine Gruppe Arbeiter mit dem Ausbessern beschäftigt ist, ist die Piste schlecht, besonders das steile und kurvenreiche Stück zwischen Skura und Bu Seraul.

Bu Seraul gehört ebenfalls zum Konzern. Hier wird Kupfer abgebaut, hundert Tonnen Erz am Tag. Das ist nicht viel und wenn die Mine nicht so nahe bei Irahi liegen würde, dass sie von dort mitversorgt werden könnte, hätte der Konzern sie längst stillgelegt. Die Häuser der acht Europäer liegen verstreut am kahlen Hang des engen Tales, das im Draa-Tal mündet und durch das eine ganz ordentliche Piste führt. Im Gegensatz zu Irahi ist um jedes Häuschen ein netter immergrüner Garten, und das macht Bu Seraul freundlich.

4 Kaffeeklatsch

Gemächlich zottelt ein alter 2CV die Kurven auf der Piste nach Skura hinauf. Inge sitzt neben Karl Wieser, sie hat ihre Füße auf einer riesigen Autobatterie, die man als Ersatz für die zum Fahrzeug gehörende vor den Beifahrersitz gestellt hat. Immer wieder öffnet sich die Türe des 2CV und Inge hat schon einige Male versucht sie mit einem Stück alten Draht am Armaturenbrett zu befestigen, ohne Erfolg, denn der 2CV wird zu stark auf der Piste durchgerüttelt so dass der Draht nach kurzer Zeit durchgescheuert ist. Ahmed, der im Fond auf einer Holzkiste sitzt, montiert schließlich einen Riemen ab mit dem das Dach befestigt ist. „Nimm das, Madame, das hält besser wie Draht. Und das Dach hält auch so."

„Danke, Ahmed, ich hoffe dass ich es nun schaffe. So habe ich immer Angst, dass ich in einer Kurve mal hinausfalle."

„So schnell fällt man nicht hinaus, Inge, Du musst Dich halt irgendwo festhalten."

„Sag mal Karl, dauert es noch lange bis wir in Bu Seraul sind. Der Staub ist ja schrecklich. Kannst Du Dein Fenster denn nicht schließen?"

„Nein mein Täubchen, es fehlt nämlich. Und wenn es da wäre käme immer noch genügend Staub durch das Dach. Franz gibt mir doch immer den ältesten Bock, wenn ich fahren muss."

„Der denkt sich eben, dass das bei Deinen Fahrkünsten genügt. Deine erste Autofahrt hat sich eben hier herumgesprochen, mein Liebling. Aber weißt Du, wenn ich gewusst hätte wie strapaziös diese Fahrt ist, dann hätte ich mir wirklich besser überlegt, ob ich mitfahren soll."

„Ich sagte Dir ja, dass es nicht anders ist wie in Irahi. Auf der ganzen Strecke wirst Du kein einziges Bäumchen erblicken, auch wenn Du Dich noch so anstrengst. Ja, zwischen Skura und Bu Seraul kannst Du in der Schlucht zwei alte Lastwagen und einen Personenwagen entdecken, die völlig ausgeschlachtet sind. Aber Du wolltest ja unbedingt Gerda besuchen."

Inge ist wirklich enttäuscht von der Fahrt. Sie wollte doch auch etwas vom Land sehen, und sie sah bisher immer nur das Gleiche, Berge und Steine, Steine und Berge, gelegentlich einige Büschel Dorngras dazwischen. Nur die Formen der Berge sind anders als in Irahi, sonst ist alles gleich. Sie ist froh als sie schließlich in Bu Seraul sind und wie sie nach dem Mittagessen mit Gerda in der Laube vor Baiers Haus sitzt, da bereut sie es doch nicht mehr, diese anstrengende Fahrt mitgemacht zu haben. Hier blühen um sie herum in Hülle und Fülle Blumen, der Mandelbaum blüht und in den Pfirsich- und Orangenbäumchen singen die Vögel.

„So einen Garten wie Du hätte ich auch gerne, Gerda."

„Darum will ich auch nicht nach Irahi, Inge. Der Garten, die Arbeit im Popote und im Economat und die Post dazu erledigen, das füllt mich hier aus."

„Aber in Irahi hättest Du doch etwas mehr Abwechslung."

„Weißt Du Inge, wenn man tagsüber seine Arbeit hat, dann macht das nicht viel. Abends besucht man sich hier auch gegenseitig und es sind sehr nette Leute hier. Außerdem kommen wir ja oft genug nach Irahi."

„Ich kann verstehen, dass es Dir hier gefällt, Gerda. Trotzdem ist mir Irahi lieber. Du glaubst nicht, wie froh ich bin, dass ich Hilde dort habe."

„Hilde ist sehr gut und hilft, wo sie nur kann, obwohl es Goldmanns hier sehr schwer haben. Er ist doch Jude und die marokkanischen Behörden machen ihm genug Schwierigkeiten. Er rechnet jedes Jahr damit, dass ihm seine Aufenthaltsgenehmigung nicht verlängert wird. Nur weil sich der Konzern immer für ihn eingesetzt hat, hat er sie bekommen. Wer weiß wie lange man ihn noch halten kann. Wohin soll er denn auch in diesem Alter?"

„Kann das denn die Regierung machen, wenn man schon so viele Jahre im Land ist?"

„Das haben sie schon gemacht. Fernandez, ein Rotspanier musste vor einem Jahr zurück. Zum Glück sind sie in Spanien nun etwas großzügiger und sperren nicht mehr jeden ein, der bei den Roten gekämpft hat."

Inge schüttelt ungläubig den Kopf.

„Ja Inge, hier musst Du Dich noch auf manches gefasst machen. Auch die Firma ist da nicht zimperlich. Karl soll nur rechtzeitig anmelden, dass er seinen Urlaub bei Deiner Entbindung braucht, sonst kannst Du allein nach Casa fahren.

Am besten er meldet es an, sobald Ihr wieder in Irahi seid."

„Man kann doch nicht verlangen, dass ich dann allein nach Casa fahre"!

„Inge, da hatte Madame Gameiro schon Wehen bekommen und Becker gab ihrem Mann einfach nicht frei damit er sie nach Marrakesch zur Entbindung fahren konnte. Monsieur Blanc nahm es einfach auf seine Kappe und schicke schließlich Gameiro weg. Zwei Stunden nach der Ankunft in der Klinik in Marrakesch war das Kind da."

„Das kann Monsieur Becker doch nicht machen!"

„Du kennst ihn nicht. Doch bei euch ist es sicher anders. Gameiro arbeitet nicht gut und Becker wäre froh, wenn er ihn los wäre. Aber es ist wirklich wichtig, dass Karl jetzt schon seinen Urlaub anmeldet. Und denke daran, dass hier die Kinder in der Regel früher kommen."

„Wenn Becker Schwierigkeiten macht, dann bleiben wir nicht länger in Irahi!"

„Redet doch mit Monsieur Surand, wenn ihr in Casa seid, das ist am besten. Darf ich Dir noch eine Tasse Kaffee einschenken?"

„Gern Gerda, aber Kuchen esse ich keinen mehr. Das Essen war ja so gut. Kommen eigentlich Deine Kinder noch hierher bevor Ihr an Ostern nach Agadir zum Zelten fahrt?"

„Ja, ich werde sie eine Woche vorher in Casa abholen. Du wirst sie also schon noch sehen."

Nach ihrem abendlichen Schachspiel im Popote unterhalten sich Dr. Adshead und Ahmed Guisis über Ibn Khalduns These, dass der Mensch von Natur aus gut sei und es vor allem die Gesellschaft wäre, die den Menschen zum Schlechten verleite. Ahmed Guisis stimmt dem zu, vertritt jedoch die Meinung, dass Allah den Menschen dadurch prüfen wolle, ob er das Schlechte annimmt. Adshead dagegen hält dem Moslem vor, dass die Religionen nun seit Jahrhunderten die Liebe unter den Menschen predigen würden, ihnen sogar damit die ewige Seligkeit versprächen, und bisher die Welt noch nicht verbessert hätten. Beide beriefen sich dabei öfters auf

Khaldun. Albert Fabry, der das Schachspiel verfolgt hatte, am Tisch bei den beiden sitzt und der Unterhaltung folgt, wendet sich an Guisis:

„Ihr redet von Khaldun. Was war das für ein Typ und woher weißt Du das alles?"

„Ibn Khaldun war einer unserer größten Gelehrten. Er lebte vor rund sechshundert Jahren. Gelernt habe ich das auf einem mohammedanischen Gymnasium. Ich gehörte nämlich zu den nullkommadrei Prozent der moslemischen Jugend, die Hochschulbildung erhielt, Monsieur Fabry.

Albert Fabry bemerkt die ironische Betonung, die auf den nullkommadrei Prozent liegt. „Ach, als wir Europäer in euer Land kamen, was hattet ihr da für Schulen? In euren Koranschulen lerntet ihr die Suren auswendig und bestenfalls noch mit Hilfe eures Korans ganz notdürftig lesen, rechnen und schreiben, mehr nicht. Das war noch vor fünfzig Jahren."

„Gewiss, Monsieur Fabry, die Franzosen brachten uns das moderne Schulsystem. Sie schufen Elementarschulen, in denen der Unterricht auf die Praxis und auf die praktischen Berufe abgestimmt war und Mittelschulen, auf denen die Elite unseres Volkes für den einfachen und mittleren Verwaltungsdienst ausgebildet wurde. Nach dem Kriege, als bei uns die Unabhängigkeitsbestrebungen immer stärker wurden, bekamen wir sogar islamische Gymnasien. Dass der Unterricht in allen Schulen fast ausschließlich französisch erteilt wurde, in den für uns Berber geschaffenen Schulen sogar ausschließlich französisch, tut nichts zur Sache. Es tut auch nichts zur Sache, dass 1938 nur zwei Prozent der moslemischen Jugend eingeschult war und 1954 erst zwölf Prozent.

„Konntet ihr verlangen, dass die französischen Lehrer erst arabisch und eure Berberdialekte lernten, bevor sie euch Unterricht gaben? Ihr hattet doch gar keine Lehrer. Und dass man innerhalb von wenigen Jahren nicht die ganze Jugend eines Volkes in Schulen unterbringen kann, ist auch klar. Alles braucht seine Zeit."

Als gut erzogener Moslem hatte Ahmed Guisis gelernt, dass man nicht widersprechen dürfe. Er hatte Albert Fabry seine Meinung in anständiger und eben noch vertretbarer Weise gesagt, nun schwieg er. Dafür schaltete sich nun Adshead ein: „Hören Sie, Monsieur Fabry, das Schulsystem, das die Franzosen hier eingeführt haben, diente nur dazu, den Kolonialstatus zu zementieren. An Moslems bildete man nur so viele aus, wie man unbedingt als qualifizierte Handlanger brauchte. Zudem spaltete man das Volk, an den israelitischen Schulen waren zwei Drittel der Kinder eingeschult und an den europäischen Schulen konnten alle Kinder untergebracht werden. Ich haben noch Zahlen von 1953 im Kopf. Damals wurde sowohl für die Ausbildung der Europäer wie der Marokkaner jeweils sieben Milliarden Francs vom Staat ausgegeben. Dabei machen die Europäer nur den fünfzehnten Teil der Bevölkerung aus."

„Ach Doktor, Sie mit Ihren Zahlen! Fest steht doch, dass die Typen gar kein Interesse an ihrer Ausbildung haben. Glauben Sie, dass heute alle Kinder zur Schule gehen würden, wenn die Alten auch ohne regelmäßigen Schulbesuch der Kinder das Kindergeld bekommen würden?"

Madame Cheffer tritt zu den Dreien an den Tisch: „Wenn Ihr jetzt nicht zum Essen kommt, gibt es nichts mehr. Glaubt Ihr, ich will meine Küche bis in die Ewigkeit geöffnet lassen? Setzt euch daneben an den Tisch, dort ist für euch gedeckt."

Irahi ist wie ausgestorben. Verlassen sitzen die Wächter an den ihnen zugewiesenen Plätzen und sind froh wenn ein Passant vorbeikommt mit dem sie ein paar Worte tauschen können. Öfters besuchen sie sich auch gegenseitig obwohl sie das nicht tun dürften. Der Telefonist sitzt vor dem Fenster der Vermittlung und sonnt sich. Er bekommt noch die meisten Passanten zu Gesicht, denn sein Arbeitsplatz ist zentral, ist nicht so abgelegen wie die Aufbereitung oder die Wasserreservoirs.

Am Förderturm sitzt der Maschinist gelangweilt auf der Treppe die in seinen Bereich führt. Seit drei Stunden hat er die Maschine nicht mehr bedient und so döst er vor sich hin, träumt vom vergangenen Hammelschmaus. Ja, er hatte dieses Mal fleißig gespart und so hatte es zu einem großen fetten Hammel gereicht. Und wie der geschmeckt hat! Der Maschinist leckt nochmals in Gedanken über seine Lippen. Nun, ja, jetzt nach vier Tagen ist nichts mehr von dem ganzen Hammel da. Frau und acht Kinder haben auch ganz schön mitgefuttert. Aber er, Moulay, hat doch fast die Hälfte allein geschafft. Jetzt sind die fetten Tage wieder vorbei, jetzt gibt es wieder täglich Ölsardinen und Brot, jetzt muss man wieder sparen, damit es in einem Jahr zum Fest noch zu einem größeren Hammel reicht, Inschallah.

Ein Glockenton stört Moulay in seinen Gedanken. Er erhebt sich, streckt seine Glieder, geht in den Raum an seine Maschine und betätigt die Hebel. Das große Rad beginnt sich zu drehen und zieht den Förderkorb aus der Tiefe. Adam Goldmann entsteigt ihm. „Ich bin im Popote, Moulay. Danach gehe ich zum Essen. Holt mich aber nur, wenn es nötig ist." „Ist recht, Monsieur."

Wie Adam in den Popote tritt, steht Hernan Morato an der Theke bei Nicole Cheffer. Man begrüßt sich, Morato bestellt für Adam ein Bier. „Na Hernan, wie fühlt man sich als Kranker im Urlaub?"
„Hör auf Adam, ich habe jetzt wirklich genug. Was hier nicht arbeitet fährt weg. Nur ich sitze hier. Mich kotzt das an. Sobald der Doktor zurück ist, muss er mich gesundschreiben."

„Wenn Du glaubst, dass es wieder geht. Arbeit haben wir genügend. Seit Deinem Unfall haben wir so viel Holz und Eisenstempel, dass wir kaum nachkommen."
„Habt Ihr auf hundertachtzig beim Schacht West schon ausgebessert?"
„Damit haben wir heute angefangen. Wir haben wohl unterzogen, doch wie wir das erste Stützholz auswechseln wollten, da knisterte es und der ganze Segen kam herab.

Vierzig Tonnen waren es bestimmt. Zum Glück fiel das meiste in den Schacht. Wie ein Wunder hat es niemand erwischt."

„Wenn das während der Produktion passiert wäre! Nun, hoffentlich hält man jetzt mehr Platz dort und muss sich nicht mehr bücken."

Essaouira, oder Mogador wie es früher hieß, liegt im Norden des Hohen Atlas an der Atlantikküste. Die mächtigen Türme und Mauern mit den zahlreichen Scharten, aus denen alte Kanonen der Spanier und Portugiesen herausragen, geben dem Hafen das Aussehen einer mittelalterlichen Seefestung. Doch erst Mitte des achtzehnten Jahrhunderts wurde er als Marinestützpunkt angelegt. Und da der Hafen zu klein ist um von europäischen Schiffen angelaufen zu werden, hat er heute nur noch Bedeutung für die Fischer. Sie sind die alleinigen Herren des Hafens und wenn vormittags ihre Sardinenboote entladen werden ist Hochbetrieb. Boot liegt neben Boot, Körbe mit Fischen fliegen von Hand zu Hand aus dem Innern auf Lastwagen, werden dort entleert und wandern wieder zurück in die Boote. Frauen und Kinder schlüpfen zwischen den arbeitenden Männern hindurch, immer auf der Suche nach einem herunterfallenden Fischchen, das dann sofort in der Tasche verschwindet.

Einige europäische Touristen schauen dem farbigen Treiben zu. Unter ihnen ist Paul Yvert mit seiner Familie und Carol Horvath. „Einen Augenblick noch, Paul. Davon möchte ich doch noch ein paar Aufnahmen machen. Das Bild ist so bunt."

„Lass Dir nur Zeit, Carol, wir gehen einstweilen zu dem Typ dort hinten und essen einige gegrillte Sardinen. Wir warten dort auf Dich."

Während Carol Horvath sich mit seinem Fotoapparat in das Treiben mischt und nach geeigneten Standorten sucht, geht Paul Yvert mit Frau und den beiden Kindern etwas seitlich an einen rohen Holztisch, vor dem eine wacklige Bank steht. Hinter dem Tisch steht ein älterer Marokkaner an einem verbeulten Holzkohleofen und

71

grillt Sardinen. Neben ihm auf dem Tisch liegen einige Brote für die sich ein Heer Fliegen interessiert.

Wie der Marokkaner bemerkt, dass die Europäer an seinen Tisch kommen, zieht er einen alten Lappen unter seiner Dschellabah hervor, fegt damit die herumliegenden Fischreste vom Tisch, jagt die Fliegen von den Broten und frägt, ob er von seinen Fischen anbieten dürfe, sehr billig seien sie, ein ganzer Teller voll koste nur hundertfünfzig Francs, Brot sei inbegriffen. Und zur Bekräftigung holt er unter seinem Tisch einen Blechteller hervor, wischt ihn auch mit dem Lappen ab und stellt ihn auf den Tisch. „Ich zahle nur hundert Francs, mehr ist es nicht wert," sagt Paul Yvert. Der Marokkaner lobt seine Ware und nach kurzem Handel einigt man sich auf hundertzwanzig Francs für einen Teller voll Sardinen."

Madame Yvert betrachtet die Vorbereitung des Essens etwas kritisch. „Das Sauberste ist das hier ja gerade nicht."

„Ach was, zwischen Teller und Fleisch ist doch die Haut und die essen wir ja nicht mit. Außerdem schmecken die Sardinen so wirklich sehr gut" erwidert ihr Mann. Und dann machen sich die Yverts, jedes von ihnen mit einer großen Kante Weißbrot in der Hand, über den Sardinenteller her. Die abgerupften Fischköpfe und die Häute kommen neben die Teller, die Gräten werden auf die Erde gespuckt. Sie sind so in das Essen vertieft, dass sie gar nicht merken wie Carol Horvath einige Aufnahmen von dem Idyll schießt. Erst als er hinzutritt sehen sie ihn und sofort muss auch er zugreifen. Der Typ hinter dem Tisch gibt noch eine Kante Brot und auch Horvath lässt es sich herzhaft schmecken.

„Hast Du genügend Aufnahmen gemacht, Carol?"
„Hier unten schon, aber ich will noch auf die Mauern. Kommt ihr mit?"
„Ja, wir sind mit dabei."

Von den Mauern hat man einen herrlichen Blick auf den Hafen und die Stadt, die sich mit ihren weißen Häusern kontrastreich vom dunkelblauen Meer abhebt. Yverts Kinder haben es wichtig mit den alten Kanonen, springen darum herum, steigen darauf. Eine leichte Brise macht den Spaziergang trotz der Sonne angenehm. Horvath macht immer wieder Aufnahmen vom Hafen und von der Stadt.

Ein Marokkaner sitzt neben einer Erhöhung der Mauerbrüstung. In dieser Brüstung ist eine runde Scharte und darunter steht ein alter Hocker.

„Monsieur, durch diese Scharte kannst Du ein sehr schönes Foto von der Stadt machen. Du kannst auf den Stuhl steigen, das kostet nur hundert Francs.

„Du bist ja nicht bei Sinnen, wir sind doch keine Touristen." Trotzdem steigt Horvath hinauf und schaut. Es ist wirklich eine sehr interessante Perspektive. „Mehr als zwanzig Francs zahle ich dafür nicht."

„Gut Monsieur, weil Du es bist und weil Du so zwei nette Kinder hast, darfst Du für zwanzig Francs auf den Stuhl steigen. Wo seid Ihr denn her? Du bist doch kein Franzose?"

„Nein, ich bin Ungar. Aber wir arbeiten in Irahi."

„In Irahi! Da soll es gut sein. Habt Ihr viel Arbeit dort? Ich habe keine Arbeit, hier ist es schlecht. Und ich habe vier Kinder. Habt Ihr keine Stelle für mich?"

„Wir sind nicht der Parton dort, wir können Dir keine Arbeit geben. Nur der Patron kann das, das weißt Du doch."

„Aber Ihr könntet mit ihm reden."

„Wenn wir ihn einmal günstig erwischen."

„Vielen Dank. Allah wird es euch lohnen."

Sie gehen wieder zum Hafen hinunter und auf der Straße dem Ufer entlang zur Stadt. Flache Felsen bilden hier den Strand, in denen jetzt zur Ebbe zahlreiche Wassertümpel sind. Eine Anzahl Marokkanerinnen ist hier beim Waschen, alle sind eingemummt in lange weiße Mäntel. Gerade wie Yverts und Horvath vorbeigehen steigt eine junge Fatima pudelnackt aus dem Wasser, trocknet sich ab und zieht sich an. Nach kurzer Zeit ist sie vermummt wie die anderen.

73

Hafenmauer

Wie der Hafen, so ist auch die Stadt von einer hohen Mauer umgeben. Die Straßen sind eng wie in allen Marokkaner-Städten. Immer wieder macht Horvath Aufnahmen und so fragt ihn schließlich Paul Yvert: „Warum fotografierst Du eigentlich in letzter Zeit so viel?"

„Ach, weißt Du Paul, ich weiß nicht wie lange ich noch in Marokko bin."

„Warum? Willst Du hier weg?"

„Manchmal überleg ich es mir wirklich, Beckers wegen."

„Lässt er Dich etwas merken?"

„Ja, er drückt mich nun wo er nur kann. Er weiß dass wir beide oft zusammen sind und er vermutet sicher, dass ich Dir berichte was alles aus Irahi zurückgeschickt wird."

„Womit Becker nicht falsch vermutet. Durch wen soll ich es auch sonst erfahren. Und Surand verlangt von mir darüber Bericht."

„Weißt Du, Paul, mir könnte es eigentlich gleichgültig sein um welche Beträge Becker den Konzern schädigt. Aber nicht gleichgültig ist es mir, dass dadurch die Sicherheit in der Mine leidet. Becker weiß doch wie viele Stempel erneuert werden müssen. Trotzdem verkauft er das Holz. Der Unfall neulich zeigte es doch, und jederzeit muss wieder mit solchen Unfällen gerechnet werden."

„Ich bin Dir sehr dankbar, dass Du mir bei meiner Aufgabe hilfst. Ich habe Surand auch ganz klar gesagt, dass ich diese Aufgabe von Sidi Lahsen aus nicht mehr erfüllen kann. Er hätte meine Versetzung dorthin nicht durchgehen lassen dürfen. Wer könnte sich sonst noch in Irahi erlauben diese Aufgabe zu übernehmen wie Du."

„Ich weiß das, Paul, darum habe ich auch zugestimmt. Aber schau, wie hat sich Becker gegen die Bohrungen in Tarasut gesträubt. Und ich bin sicher, dass wir einen neuen Gang finden."

„Wann fangt ihr nun damit an?"

„Die Kanadier kommen nach den Feiertagen. Das Material und die Maschinen sind in Casa."

„Ich hoffe, dass Du Erfolg hast, Carol, auch Beckers wegen."

75

Ganz in der Nähe der Präfektur in Casablanca, am Rond Point Mers Sultan, ist die Concorde. Vor der Unabhängigkeit Marokkos standen hier die Europäer jeden Abend in Dreierreihen dicht gedrängt um die lange Theke im Lokal und hatten Mühe an ihr Glas zu kommen. Doch immer mehr Europäer haben in der Zwischenzeit das Land verlassen, das Geld wurde knapper. Nun gibt es jederzeit noch einen guten Platz, meist sind nicht einmal alle Hocker besetzt. Und auch heute, es ist drei Uhr nachmittags, ist außer Karl Wieser nur noch ein Gast im Lokal, der sich mit der Bedienung unterhält. An Kleidung und Sprache glaubt Karl einen Deutschen zu treffen und er irrt sich nicht. Bald sprechen beide miteinander und Karl erfährt auch nach kurzer Zeit die Sorgen seines Nebenmannes.

Dieser Hans Loder hat wirklich seine Sorgen. Er ist Fernmeldeingenieur, hatte sich um eine ausgeschriebene Stelle bei der marokkanischen Post beworben und auch bekommen. Gewiss, es sei keine lukrative Stelle, in Deutschland würde er mehr verdienen, aber er sei jung und will etwas von der Welt sehen. So sei er vor gut fünf Monaten mit Frau und einem einjährigen Söhnchen in Casablanca eingetroffen, hätte sehr bald eine günstige Wohnung bekommen, auch die Arbeit würde ihm gefallen und der Kontakt zu Vorgesetzten und Kollegen sei wirklich angenehm. In dieser Hinsicht könne er bestimmt nicht klagen.

Nur hat er bis jetzt noch keinen Franc Gehalt bekommen. Sobald er danach frage, sage man ihm, dass seine Papiere noch nicht vollständig seien, obwohl er doch alles aus Deutschland schon abgeschickt hat. Beschaffe er dann das fehlende Zeugnis in der richtigen Form, so stellt man fest, dass noch etwas fehlt.

Einmal musste er zur amtsärztlichen Untersuchung, das Zeugnis fehle noch. Er ließ sich untersuchen. Fünf Wochen danach hatte er immer noch kein Gehalt. Er reklamierte in Rabat, aber das Zeugnis war noch nicht dort. Er reklamierte beim Amtsarzt und erhielt die Auskunft, dass eine Röntgenaufnahme verwackelt sei, die müsse erst wiederholt werden. Loder ließ sich schnellstens röntgen. Drei Wochen danach teilte man ihm aus Rabat mit, das Zeugnis sei nun da, aber nun fehle noch die Beglaubigung einer Unterschrift auf einem anderen Zeugnis. Nun ist das Ausstellungsdatum der Geburtsurkunde seines Sohnes zu alt.

„Das ist ja eine schreckliche Bürokratie hier. Gehen Sie doch einfach nach Deutschland zurück."
„Das kann ich nicht. Wenn ich die Stelle aufgebe, ist das Geld verloren. So bekomme ich es wenigstens einmal, das ist sicher. Überall sagt man mir das, auch auf dem Konsulat. Ich habe Kollegen, die mussten sogar neun Monate warten."
Von was leben Sie dann?"
„Ach, wissen Sie, mein Chef hat mir erlaubt, dass ich nebenher im Büro privat arbeite, er vermittelt mir sogar Kunden. Um drei Uhr wollte einer hierher kommen. Über Wasser halten kann ich mich damit, aber es darf nichts dazwischen kommen."
„Unglaubliche Verhältnisse sind das doch bei der Behörde. Finden Sie wenigstens bei den Deutschen hier Unterstützung? Es sind doch eine ganze Anzahl in Casa."
„Verschonen Sie mich mit Landsleuten. Da war ich nur recht solange ich ihnen ihre Francs in Mark wechselte. Aber nun ist mein Kundenkreis so groß, dass ich das nicht mehr nötig habe. Das Konsulat hier hat mich wirklich gut unterstützt und dann vor allem die Kollegen und mein Chef. Aber entschuldigen Sie, mein Kunde kommt."

„Na, Franz, wie war es beim Generaldirektor? Was hast Du erreicht?"
„Ja, also Surand hat mirs zugsagt dass ich mei Wohnung behalten darf, auch meine Überstunden würd i zahlt kriegn und wenn der Merson nach dem Urlaub weggeht, dann krieg i dem sei Stell. I hab es jetzt schriftlich."
„Na also, was willst Du mehr?"
„Aber es ist ein Haken dabei, Karl. Red zu keim Menschen dervon, i sag es auch nur Dir. Der Konzern will dem Becker nun an Kragn. I soll derbei mithelfn und soll jedn Monat berichten was i an Material kriegt hab."

77

„Wenn Becker das erfährt hast Du in Irahi keine schöne Stunde mehr."

„I weiß es, Karl. Aber Surand hat mir versprochn, dass er meine Berichte bei sich in der Wohnung aufbewahrt und sie bloß verwendet wenns wegen dem Becker auf Gricht müssten. I soll die Dinger ja au net schicken sondern nur persönlich an Surand geben wenn ich nach Casa komm. Becker hat ja hier in der Zentrale auch seine Leut. Aber sag, wo ist denn d Inge?"

„Die liegt im Bett. Sie war beim Arzt und der hatte eine Querlage des Kindes festgestellt. Nun hat er es gleich in die richtige Lage gedreht."

„Oh mei! Jetzt ist s derlabelt, des kann ich verstehn. Des sind die Pisten hier, davon kommt's".

„Das hat der Arzt auch gesagt. Inge soll hier nicht mehr Autofahren. Aber das ist leichter gesagt wie getan. Bis wir wieder in Irahi sind kann das Kind schon wieder quer liegen.

„Wann unser Doktor was taugen tät, dann könnt doch der danach schaun. Aber wenn der a schwangere Frau sieht dann macht er an Bogen. Was hast ausgricht mit dem Wagen?"

„Einen Dauphine habe ich mir angeschaut, hunderttausend Kilometer, Austauschmotor, neu bereift, vierhunderttausend Francs. Aussehen tut er ordentlich."

„Des ging. Wo steht er?"

„In der Autohall."

„Schaun wir ihn mal an. Ists nix, dann gehen wir morgen auf Annoncen ein. Da ist vielleicht mehr drin. Mir ham eh noch a paar Tag Zeit."

„Morgen müssen wir auch noch zu Deiner Frau, wegen des Quartiers im Sommer."

„Wann i des nur scho hinter mir hätte. Des is a harter Gang. Da wird die Alt wieder ratschen. Es unschuldigst Lamm wird's sei. Hoffentlich san die Kinder daheim, die will i eh scho lang wieder mal sehn. Es letzmal hab i s' im August gsehn. Nach den Kindern hab i Sehnsucht. Der Groß is grad so wie i mal war. Weißt Karl, es hätt mi eh net kränkt wann d Alt abghaun wär, sowas gibt's im Dutzend. Aber die Kinder – des war hart. Wann s immer kommen sind, Papile komm, Papile schau, und sie san auf am rumgstiegn, da hast gwusst für was lebst. Wann s kommen san und hast müssen mit ihnen um die Wetten rennen oder auf an Felsen kraxeln, wann wir Echsen gfangen ham oder an Karren bastelt. Ja Karl, für des hab i die Alt gern in Kauf gnommn, wanns au hart war. Ach. Lass mer s, es hat eh kein Wert, geh ma Auto kaufn. Francoise, zahln!"

Ungeduldig geht Armand Becker in der Halle des Flughafens von Casablanca auf und ab und schaut immer wieder zur Uhr. Noch fünf Minuten, dann wird die Maschine aus Paris landen und ihm Francoise bringen, seine Tochter. Wie hängt er doch an ihr, und als vor fünfzehn Jahren seine Frau starb, da gab er all seine Liebe Francoise. Wenn sie nur nicht so eigensinnig wäre und von Paris weggehen würde. Er liebt Paris nicht, die Stadt hat ihm zu viele Menschen. Nein, in Paris würde er nicht leben können. Er liebt die Sonne und das Klima der Riviera. Wenn sich Francoise nur entschließen könnte mit ihm in Nizza zu leben, dann würde er, wenn auch schweren Herzens, Irahi verlassen. Francoise würde das aufwiegen. Aber Francoise hat ein gut gehendes Büro für Innenarchitektur in Paris, und sie liebt die Oper über alles.

Eine Menge Menschen kommt vom Rollfeld zur Gepäckausgabe. Hinter dem Gitter entdeckt Armand Becker seine Tochter. Ein Prachtmädel ist sie doch, ihre fünfunddreißig Jahre sieht ihr niemand an. Groß und schlank, mit langen blonden Haaren, modisch jedoch nicht auffallend gekleidet, steht sie an dem langen Tisch und schaut nach ihrem Vater. Der winkt ihr zu, sie winkt zurück. Viel zu lange dauert es Armand Becker bis er ihr endlich väterlich die Wangen küssen kann.
„Wie geht es, Kind? Prächtig siehst Du aus. Ich freue mich ja so, dass Du die Woche freimachen konntest."
„Du siehst aber auch gut aus, Vati, immer noch gleich jung. Ich glaube sicher, dass man Dich auch diesmal wieder als meinen Ehemann ansieht."
„Mach nicht solche Sprüche, Kleines. Erzähle mir lieber was es Neues in Paris gibt."

„Ach Vati, davon später. Es ist nichts Aufregendes passiert. Wir haben ja nun genügend Zeit zum Reden. Lass uns erst ins Hotel, ich möchte mich noch vor dem Abendessen duschen. Wohnen wir im Hotel Anfa?"

„Nein, Kleines, ich habe im El Mansour die Zimmer bestellt. Das letzte Mal wolltest Du dort wohnen."

„Vati, da war Weihnachten. Da ist es in der Stadt angenehmer. Aber jetzt im Frühjahr wohnt man doch im Anfa schöner. Bitte Vati, lass uns im Anfa wohnen." Flehend blicken die großen Augen von Francoise zu ihrem Vater.

„Aber Kleines, ich habe schon für die ganze Woche im El Mansour bestellt, wir bekommen dieselben Zimmer wie letztes Mal."

Wieder dieser flehende Blick dem Armand Becker nicht widerstehen kann. „Bitte, Vati, lass uns im Anfa wohnen. Die herrlichen Gärten, die vielen Blumen, der Duft des Sommers und des Meeres. Dazu die prächtige Aussicht auf die Stadt und das Meer. Nach dem langen Winter ist dort ein Paradies. Ich habe mich in Paris so danach gesehnt."

„Oh Kleines, wenn ich Dir nur einmal nein sagen könnte. Ist einer Deiner Bekannten im Anfa?"

„Nein Vati, bestimmt nicht. Ich werde dort nur bei Dir sein. Du bist eben doch der beste Vater den es gibt." Francoise gibt ihm einen Kuss, er tätschelt ihre Wangen und lächelt selig.

Zurückgelehnt und mit übereinander geschlagenen Beinen sitzt Armand Becker an seinem Schreibtisch. Ihm gegenüber steht Ahmed Jabbag, der Magazinier. „Da hast Du Dir wieder einmal überhaupt nichts dabei gedacht, Jabbag. Was willst Du denn mit den Bohrköpfen? Hast nur gelesen, ,Diamantbohrköpfe' und an ein gutes Geschäft gedacht? Gewiss, die Dinger sind teuer, sehr teuer sogar, aber wer soll uns die abnehmen?"

„Ich dachte, dass Sie schon jemand wissen der so etwas brauchen kann, Monsieur."

„Die kann niemand brauchen außer der Firma, die die uns ausgeliehen hat, Jabbag. Da gehört das ganze andere Material dazu, die Maschinen, die Stangen, nur dort passen die Köpfe hin. Nein, Jabbag, schaff die Sachen schnellstens wieder zum anderen Material."

„Ich habe auf der Liste aber schon vermerkt, dass eine Kiste fehlt. Und der Wagen ist bereits wieder abgefahren, Monsieur."

„Dann gib übers Radio durch, dass Du Dich geirrt hast."

„Jawohl, Monsieur."

„Und noch etwas Jabbag. Schau zu, dass wir mit Benzin ins Geschäft kommen. Da fällt es nicht so auf. Die Abrechnungen über den Verbrauch, lass es Koller unterschreiben, wenn er Bedenken hat, schicke ihn zu mir."

„Ist Recht, Monsieur. Morgen soll auch eine Sendung mit Autoreifen kommen, ich glaube, dass ich die umbuchen kann."

„Wenn es geht dann mach es. Wer ist der Fahrer?"

„Buschibar, Monsieur, er ist zuverlässig."

„Dann braucht er erst gar nicht nach Irahi kommen. Lucas soll ihm entgegen fahren und in Ouarzazate abfangen, er kennt dort auch den Händler."

Es klopft an der Türe.

„Ah, Sie sind es, Monsieur Horvath, guten Tag, wie geht es? Du kannst gehen, Jabbag, mit Monsieur Lucas werde ich reden. Was gibt es, Monsieur Horvath?"

„Monsieur Becker, ich brauche dringend einen Ersatzreifen für meinen Landrover."

„Wo haben Sie Ihr Ersatzrad?"

„Ich hatte eine Panne, am Hinterrad sind im Reifen lauter Querrisse, er ist nicht mehr zu reparieren, Monsieur."

„Koller soll es gründlich untersuchen. Vorerst kann ich Ihnen keinen Ersatz geben. Wir haben keine Reifen mehr hier und vorerst wird auch keine Sendung mit Reifen kommen. Aber ich will sehen was sich machen lässt, vielleicht kann Monsieur Lucas einen aus Ouarzazate mitbringen, Monsieur Horvath."

81

„Sie wissen was das heißt, hier ohne Ersatzrad zu fahren, Monsieur Becker. Man kann Stunden, ja Tage am gleichen Fleck liegen."

„Ich weiß es, Monsieur Horvath und ich werde mich auch bemühen. Einstweilen soll sich mal Koller richtig dahinter klemmen."

„Nächste Woche ist erster Mai, Ahmed. Wird da in Irahi auch gefeiert?"
An Stelle von Ahmed antwortet Brahim auf Karl Wiesers Frage.

„In Marrakesch und in Casa sind große Umzüge Monsieur. Da ist die ganze Innenstadt gesperrt und der Zug ist sehr lang. Das habe ich einmal in Casa gesehen und es hat mir sehr gut gefallen. Da waren viele Musikgruppen dabei mit Fahnen, und von den Betrieben waren sie dabei mit Wagen auf denen sie gezeigt haben was sie arbeiten. Und Sportvereine haben auf Wagen geturnt. Der Ben Barka hat gesprochen und das war sehr gut was er gesagt hat und ich habe da so richtig gespürt wie stark wir Typen eigentlich sind wenn wir zusammen halten würden."

„Aber bei uns schaut doch ein jeder nur auf seinen eigenen Vorteil, Brahim. Schau doch nur Mulud an, wie hat der in seine Tasche gearbeitet bis er schließlich zweiter Chef in der Et Tine war."

„Gewiss, Ahmed, Mulud hat für den Patron und sich gesorgt. Aber von Idder kann man das nicht sagen. Wie oft hat er Streit mit dem Patron und er könnte sich viel besser durchsetzen wenn alle Typen hinter ihm stehen würden."

Ahmed und Brahim sprechen in ihrem Schlödialekt weiter und darum fragt Wieser, den dieses Thema interessiert: „Ihr verdient doch so wenig, habt Ihr eigentlich noch nie gestreikt?"

„Doch Monsieur, vor ein paar Jahren haben wir einmal drei Tage gestreikt, aber viele gingen trotzdem zum Arbeiten. Ahmed ging damals am zweiten Tag auch wieder. Wir waren dann froh, dass wir ein paar Francs mehr bekommen haben."

„Von was soll ich denn leben wenn ich keinen Lohn bekomme?" wehrt sich Ahmed.

Wieser geht nicht darauf ein, er frägt weiter: „Wieviel sind denn bei Euch in der Gewerkschaft und zahlt Euch die keine Streikunterstützung?"

„Wir sind alle in der Gewerkschaft, Monsieur, aber die zahlt nichts wenn wir streiken. Die hat doch selbst kein Geld."

„Was zahlt Ihr denn da Beitrag, Brahim?"

„Wir sollten eigentlich hundert Francs im Monat zahlen, aber wir haben schon lange nichts mehr bezahlt, es hat ja doch keinen Wert."

„Wenn Ihr nichts in die Gewerkschaftskasse zahlt, dann ist natürlich kein Geld da für eine Unterstützung bei einem Streik."

„Monsieur, wenn Mulanah will, dass wir mehr verdienen, dann bekommen wir das auch ohne Streik."

„Ahmed, glaubst Du, dass die Arbeiter in Europa soviel verdienen würden wenn sie nicht immer wieder gestreikt hätten?"

„Das ist möglich, Monsieur. Auch wir werden streiken, wenn Mulanah das will."

„Bei dieser Einstellung werdet Ihr noch lange um Hungerlöhne arbeiten. Ihr müsst Euch auf Eure eigene Kraft verlassen, wie die Arbeiter in Europa. Ich bin seit meiner Lehrzeit in der Gewerkschaft, war auch bis ich nach Marokko kam beim Betriebsrat wie Idder. Durch unser Zusammenhalten haben wir viel erreicht, fast jedes Jahr gab es mehr Lohn. Meine Gewerkschaft gehört zum gleichen internationalen Gewerkschaftsbund wie Eure UTM. Ich würde sehr gern Mitglied bei Euch werden. Ist das möglich?"

„Du willst Mitglied im Syndikat werden, Monsieur? Im Syndikat sind keine Europäer, ich weiß also nicht ob es geht. Aber ich kann es ja Idder sagen."

„Ja, sage es ihm. Er kann ja gelegentlich zu mir hereinschauen wenn er im Haus ist."

Ahmed markiert mit dem Ruß seiner Karbidlampe am Hängenden die Stelle, an welcher der Mineur das Loch für den Holzpfropfen bohren muss. Ahmed wird daran den Nagel befestigen, der einen der vielen Festpunkte für die Vermessung der Mine geben wird. Mohamed, der Mineur und Driss, sein Gehilfe schleppen den schweren Bohrhammer und die Schläuche herbei, montieren zusammen und schließen Wasser und Luft an. Dann nimmt Mohamed den Hammer hoch, Driss hält den Bohrer an die markierte Stelle. Langsam beginnt der sich zu drehen, gleitet hierhin und dorthin, obwohl Driss krampfhaft ihn festzuhalten versucht. Gesteinsplitter fliegen umher. Schließlich entsteht eine kleine Vertiefung und Mohamed kann den schnelleren Gang und das Wasser einschalten. Zu den Gesteinsplittern kommt nun auch noch das Wasser, das auf die beiden Arbeiter herunterregnet. Noch immer hält Driss den Bohrer und lässt ihn erst los als er einige Zentimeter tief im Gestein ist. Dann arbeitet Mohamed allein weiter, presst ungeachtet des Regens den Hammer mit aller Gewalt nach oben bis das Loch die gewünschte Tiefe hat. Dann stellt er ab, nimmt den Hammer herunter und wischt sich das Gesicht. Driss baut die Schläuche ab.

„So, jetzt kannst Du arbeiten, Monsieur."
„Danke Mohamed, Zigarette?"
„Woacha, Monsieur, danke."

Während des Bohrens war ein Lärm in der Sohle, dass man meinte das Trommelfell würde zerreißen. Nun ist für kurze Zeit Stille die Karl Wieser und Ahmed nützen. Wieser überprüft die Richtung der Sohle und kommt auch bis zur Arbeitsstelle von Mohamed und Driss, die wieder bohren. Wieder ist dieser Krach in unmittelbarer Nähe, dazu die Hitze einer Sauna und die trotz Wasser mit Staub geschwängerte Luft. Und dieser Staub haftet im Gesicht, wird wieder abgespült von den Bächen Schweiß, die über Stirn, Nase, Wangen und Kinn rinnen. Auswinden könnte Wieser seine Unterwäsche. Arbeitskittel und Hose sind feucht wie aus einer Wäscheschleuder gezogen. So ist Karl Wieser froh als er mit der Arbeit fertig ist.

Auf dem Rückweg zum Schacht schlägt er seinen Kopf an ein eisernes Leitungsrohr „verflucht, schon das dritte Mal an dieser Stelle" brummt er. Das hätte eine schöne Beule gegeben wenn er nicht den obligatorischen Grubenhelm aufgehabt hätte. Aber sein Kopf brummt ihm auch so und Karl Wieser nimmt sich vor, sich in Zukunft zu merken, dass an dieser Stelle zwei Rohre in einem Meter Abstand die Sohle durchqueren.

Die Sohle -300, auf der sich Karl Wieser befindet ist bis jetzt noch eine Zwischensohle und hat keine direkte Verbindung zum Hauptschacht. Diese Verbindung soll hergestellt werden. Bis jetzt kann man auf die Sohle -300 nur durch den Schacht Ost gelangen, der von Sohle -260 bis zur Sohle -340 geht.

Am Schacht Ost zieht Ahmed fünfmal am Draht, das Zeichen für den Maschinisten, dass Personen befördert werden wollen. Schwach hört man durch den Schacht die Glockentöne aber nichts rührt sich. Ahmed zieht nochmals und wieder rührt sich nichts. „Sie machen Vesper, Monsieur, es ist fünf Uhr."

Da kommen aus einem Seitenschacht zwei Marokkaner und Ould Brahim, setzen sich am Schacht neben dem Geometer und seinem Gehilfen nieder, packen ihre Thermosflaschen mit heißem Minztee und ihre Brotfladen aus und beginnen zu vespern. Einer der Arbeiter schenkt ein Glas Tee ein und reicht es Wieser, der andere gibt ihm ein Stück Brot.

Karl Wieser hat sich schon längst daran gewöhnt aus schmutzigen Gläsern zu trinken und Brot aus drecküberkrusteten Händen zu essen und nimmt gerne an. Dieses Glas heißer Tee tut gut. Auch Ahmed hilft tüchtig mit, den Vespervorrat seiner Kollegen zu verzehren. Dann hört man, dass die Maschine auf Sohle – 260 eingeschaltet und dass ein Waggon heruntergelassen wird.

Unter Tage

Wie die Lore auf Höhe der Sohle ist zieht Brahim am Draht. Die Lore hält. Da sie nur an einem Drahtseil hängt wird sie von zwei Arbeitern gehalten bis Karl Wieser mit seinen Instrumenten eingestiegen ist. Dann steigt Ahmed und die beiden Arbeiter zu, Brahim stellt sich auf den Balken an dem die Lore hängt. Es ist eng, zu viert steht man wie Ölsardinen in der Dose. Und als Ould Brahim dann nach dem Signaldraht angelt, da schaukelt die Lore von einem Schachtrand zum andern und beginnt sich im Kreis zu drehen. Vierzig Meter müssen sie hoch, unter ihnen gähnen vierzig Meter Tiefe. Noch ist die Lore nicht ruhig, da zieht Brahim dreimal den Draht, die Maschine oben wird eingeschaltet, die Lore bewegt sich aufwärts, erst langsam, dann schneller.

Ould Brahim hatte gerechnet, dass sich die Lore durch die Aufwärtsfahrt beruhigt. Doch er hatte falsch gerechnet. Wohl hatte sich bei den ersten Metern das Drehen und Schaukeln verlangsamt, aber als der schnellere Gang eingeschaltet wurde, wurde es stärker und immer stärker und jetzt glauben die fünf ein Karussell zu sein. Die vier in der Lore umschlingen mit einem Arm den Balken auf dem Ould Brahim steht und versuchen mit der anderen Hand unter Aufbietung ihrer Kräfte die Lore vom Schachtrand fernzuhalten, denn der Schacht ist nicht ausbetoniert und wenn die Lore an einem der vielen vorstehenden Gesteinsbrocken hängen bliebe, würde sie kippen. Ould Brahim versucht den Signaldraht zu fassen, der wohl frei im Schacht baumelt, jedoch auf Sohle -340 fest verankert ist. Wie ein Artist turnt Brahim auf seinem Balken, doch den Draht erwischt er nicht. Dieser beginnt sich drei Meter über ihm um das Drahtseil zu wickeln, an dem die Lore hängt. Der Signaldraht spannt sich. „Festhalten!" brüllt Brahim. Krampfhaft klammert sich Karl Wieser mit beiden Armen um den Balken. Und das ist gut, denn er hat plötzlich das Gefühl, als hüpfe die Lore mit einem Mal drei Meter hoch und bliebe dann plötzlich stehen. Hätte sich Karl nicht so festgehalten dann wäre er aus der Lore geschleudert worden. Auch die drei Mitpassagiere bleiben auf ihren Plätzen, nur Ahmeds Helm und zwei Karbidlampen fallen in die Tiefe und der Signaldraht ist gerissen.

Da scheint auch der Typ oben an der Maschine zu merken, dass mit der Lore etwas nicht stimmt, er stoppt sie. Stille ist im Schacht. Nun kann man sich mit oben verständigen und als die Lore schließlich ruhig ist, da setzt sie ihre Fahrt fort, aber nicht wie Karl Wieser ersehnt nach oben, sondern nach unten. Die verlorene Ausrüstung soll geholt werden. Wiesers Proteste nützen nichts, es ist keine Möglichkeit sich mit dem Maschinisten zu verständigen. So muss Karl Wieser mit auf Sohle -340 fahren, durch die Wasserader im Schacht, die alle wie eine Dusche durchnässt.

Am Schachtende auf Sohle -340 steht das Wasser wohl vierzig Zentimeter tief. Wieser bleibt in der Lore während die vier Marokkaner die Lampen und den Helm suchen. Was macht es, dass es hier wie unter einer Dusche ist, nass bis auf die Haut ist Wieser sowieso. Und da nur er eine elektrische Lampe hat und die beiden anderen Karbidlampen durch das Wasser ausgegangen sind, muss er den Suchenden leuchten. Es dauert geraume Zeit bis das Verlorene gefunden ist. Obwohl der Helm von Wasser und Schlamm innen und außen überzogen ist setzt ihn Ahmed auf. Schließlich ist das Vorschrift und Ould Brahim besteht darauf.

Wieder ist die Lore besetzt. Da der Signaldraht fehlt klopft Brahim die Zeichen für die Fahrt an die Eisenrohre. Die Lore beginnt ihre Fahrt und Wieser ist froh als er auf Sohle -260 endlich wieder festen Boden unter den Füßen hat.

Auf dem Rückweg zum Hauptschacht müssen sich der Geometer und sein Gehilfe noch einige Male an die Sohlenwände drücken um Loren passieren zu lassen. Auch fröstelt Wieser in seinen nassen Kleidern, denn in der Sohle zirkuliert frische Luft. Aber er empfindet das nun als Spaziergang gegenüber der Fahrt durch den Schacht. Und oben trocknen ja bereits auf dem Weg vom Förderschacht zum Büro Kittel und Hose.

Da es noch etwas zur früh für das sonntägliche Kugelspiel mit den Bekannten ist, schreibt Karl Wieser nach dem Frühstück einen Brief nach Hause. Er hat eine Flasche Wein vor sich stehen den er mit Wasser verdünnt, trinkt. Da klopft es an der Türe. Inge öffnet. Wieder einmal steht Udaden mit seinem Karton davor. Unbeirrt kommt er jede Woche zwei Mal vorbei, obwohl Inge erst drei kleine Artikel gekauft hat.

„Guten Tag Madame, ich habe Dir etwas zu zeigen."

„Ach Udaden, Du bist es. Guten Tag. Was hast Du jetzt schon wieder, Du warst doch erst vorgestern hier."

„Schau es Dir an, Madame."

„Lass ihn doch herein, Inge."

„Ach Karl, wir kaufen ja doch nichts."

„Das macht doch nichts, lass ihn herein. Udaden, komm herein, hier ist es besser wie vor der Türe."

Udaden tritt nach der Aufforderung von Karl in das Zimmer und stellt seinen Karton auf den Fußboden, holt Artikel für Artikel heraus und legt alles auf den Tisch. Immer wieder bringt Udaden andere Ware. Heute ist eine handgewebte Decke dabei für die sich Karl interessiert.

„Das wäre doch etwas für Deine Mutter zum Geburtstag, Inge, die Decke ist handgewebt."

Inge stimmt zu und nun handeln sie um den Preis. Um vierzehnhundert Francs wird sie nach langem Handeln gekauft. Dann sagt Karl Wieser: „Jetzt setz Dich endlich, Udaden. Trinkst du ein Glas Wein? Ich sage es niemandem."

„Ist Deine Fatima da?"

„Ja, sie ist in der Küche."

„Dann trinke ich keinen Wein. Wenn Du willst kannst Du mir ein Glas Wasser geben."

„Hast Du Angst die Fatima erzählt es im Dorf?"

„Es ist nicht gut für einen Händler wenn man weiß dass er Wein trinkt. Mulanah hat es verboten."

„Nun ja, vielleicht bei Deinem nächsten Besuch wenn die Fatima nicht da ist.

Ich werde es bestimmt niemandem sagen. Meine Frau bringt Dir nun ein Glas Selters. Aber sag, Udaden, in Marrakesch hätte ich für dieselbe Decke höchstens zwölfhundert Francs bezahlt. Warum bist Du so teuer?"

„Monsieur, ich muss nach Marrakesch fahren und dort einkaufen. Die Fahrt ist teuer. Und dann habe ich viele Kunden die einfach nicht bezahlen. Sie kaufen ein und sagen sie bezahlen später. Wenn ich dann etwas sage, dann heißt es gleich ich soll meine Sachen behalten, sie würden woanders kaufen. Und manchmal kommen sie doch und bezahlen. Wenn ich nicht Kredit gebe, dann habe ich keine Kunden."
„Sind es auch Europäer, die auf Kredit kaufen, Udaden?"
„Ja, viele. Aber sie bezahlen meist ihre Schulden, auch wenn ich lange warten muss. Es kommt auch vor, dass sie nicht bezahlen."
„Da hast Du es aber nicht leicht, Udaden."
„Händler in Marokko haben es nicht leicht, Monsieur. Wie ist das in Deutschland?"

Karl Wieser erzählt ihm, dass dort feste Preise wären und Kredit nur auf teure Waren gegeben wird. Wenn jemand den Kredit nicht innerhalb einer festgesetzten Frist bezahlt, holt der Händler seine Ware wieder ab oder schaltet das Gericht ein. Und die Gerichte arbeiten in diesem Fall sehr schnell. Bei einer ganzen Anzahl Waren würden die Firmen die Verkaufspreise festsetzen und so dem Händler den Gewinn garantieren. Als Udaden noch hört, dass die Händler den Richtern nicht einmal Geld geben müssen, da wundert er sich sehr.

„Da müssen ja eure Händler reich werden. Wenn das hier auch so wäre, dann hätte ich sehr bald vier Frauen, ein Auto und ein schönes Haus," meint er. Von diesem Tag an kommt Udaden immer abends, wenn die Fatima fort ist und während er seine Ware zeigt, trinkt er ein Glas Wein. Aber es bleibt stets bei einem Glas.

Karl und Inge Wieser haben bei Goldmanns zu Abend gespeist. Auch Franz Koller war wie üblich dabei. Hilde Goldmann räumt den Tisch ab.

„Gehen wir noch ins Dorf" fragt Karl Wieser und Inge fügt an: „Mich würde schon interessieren, wie es bei so einem Fest der Marokkaner ist."

„Wann's unbedingt gehen wollt, dann gehen mer. Ihr kommt doch auch mit, Adam?"

„Ja, Hilde wird gleich soweit sein. Hast Deine Taschenlampe dabei, Franz?"

Ohne den milden Schein des Mondes sind in Irahi die Nächte pechschwarz. Da es zudem keine Straßenbeleuchtung gibt und Franz Koller schon oft im Rausch über Steine und Leitungsrohre gestolpert war und sich dabei manchmal erheblich verletzt hatte, hat er abends nun immer eine Taschenlampe bei sich."

Nun machen die Fünf sich auf den Weg ins Dorf. Franz mit der Lampe voraus. Im Gänsemarsch folgen die andern, immer wieder mal über einen Stein stolpernd, immer näher dem Tamtam und Gesang zu, bis sie schließlich die ersten Häuser des Dorfes erreichen und von einigen Kötern angebellt werden. Dieses Hundegebell begleitet sie nun durch die engen stockdunklen Gassen bis zur Djemma, dem großen freien Platz in der Mitte des Dorfes, der heute voller Menschen ist.

In der Mitte der Djemma brennt ein Feuer, daneben hat sich die Musikkapelle niedergelassen. Dieses Orchester, das nur aus Schlaginstrumenten besteht, ist unablässig am Werk. Es spielt nur Rhythmus. Die monotonen Melodien werden von Vorsängern gemacht, deren Refraine die Tänzer wiederholen. Oft sind es selbsterdachte Gesänge, die in Einzelheiten von den Vorkommnissen im Dorf und in der Mine berichten, gelegentlich begleitet von einem hell grillenden Gekeife der Frauen, das die Männer zu schnellerem, ekstatischen Tanz anfeuern soll.

Auf der einen Seite des Orchesters haben sich die Frauen, auf der anderen Seite die Männer zum Tanz in einer Reihe aufgestellt. Im Takt der Musik wiegen sich die

Tänzer, stampfen auf der Stelle, gehen seitwärts und wieder zurück. Und immer klatschen die Hände dazu im Takt mit. Gelegentlich tritt ein Vortänzer aus der Reihe, macht besondere Figuren und Verrenkungen, die teilweise von den tanzenden Männern nachgeahmt werden. Und immer ist es der gleiche Takt, der gleiche Rhythmus: Tum-tum-tum Tum-tum-tum, begleitet von Tamburinen, monotonem Gesang und Händeklatschen, der auch die zahlreichen Zuschauer erfasst und der sich über das Dorf hinausschwingt in das Endlose der Wüstennacht.

Wie die fünf Europäer die Djemma betreten, kommt sofort Ould Brahim auf sie zu. Karl Wieser kannte ihn bisher nur im blauen Arbeitsanzug und Grubenhelm und Brahim unterschied sich da nicht von einem europäischen Kumpel. Doch heute trägt er Festtagskleider, einen weißen Leinenumhang und einen weißen Turban und Karl hätte ihn kaum erkannt. Brahim führt die Fünf zur Mitte der Djemma, bereitwillig wird ihnen der Weg freigegeben. In der vordersten Reihe, gleich hinter den Tänzern, bekommen sie ihren Platz. Ahmed und Brahim kommen, auch Arbeiter von Goldmann und Koller, und begrüßen die Fünf. Ould Brahim schleppt zusammen mit Ahmed sogar eine Bank an, damit die Gäste sich setzen können.

Es ist für Inge und Karl Wieser ein erregendes Bild, so mitten unter lauter Marokkanern, vor ihnen die Tänzer mit ihren hellen Mänteln, dann die Kapelle am Feuer und dahinter die tanzenden Fatimas in ihren leuchtend bunten Kleidern. Und immer dieses Händeklatschen zum monotonen Gesang und aufreizendem Tum-tum-tum, alles beleuchtet nur von dem einen Feuer in der Mitte des Platzes, das sein Licht gespenstisch und zugleich warm zwischen den vielen Schatten verstreut. Und über allem der samtschwarze Himmel mit den unzähligen Sternen.

Langsam und unter ständigem Zurück bewegt sich der Kreis der Tänzer um das Orchester. Die tanzenden Fatimas kommen langsam zu den Europäern. Auch Inges Fatima tanzt mit und wie sie Inge bemerkt tritt sie zu ihr und lädt sie ein mitzutanzen.

Doch erst nach einigem Zögern und erst als Hilde Goldmann mit in den Kreis tritt, macht Inge mit. Zwei Gesänge halten sie durch dann kommen sie wieder zurück und setzen sich. Inge meint: „Vom Tanzen habe ich ja eine ganz andere Vorstellung."
„Wie man es eben gewohnt ist. Hier gibt es auch Feste nur für Männer. Da wird auch getanzt. Und keine Frau wird sich erlauben, sich dabei auch nur sehen zu lassen."
„Des stimmt, was der Adam sagt. I bin mal auf sei einem Fest gwesen, es war in Ait Abdellah, da hab ich nach einer Wasserpumpn schauen müssen. Und wie i da gfragt hab, was denn mit den Fatimas los sei, ohne Weibsen sei es doch kein Fest, da war in rer halben Stund des ganze Weibervolk da."

Immer schneller und lauter wird das Tum-tum-tum, immer häufiger kommt das helle Kirren der Frauen, immer stärker wird das Händeklatschen und Stampfen, immer öfter lösen sich die Musikanten ab um zum Verschnaufen, immer größer wird der Ring der Tänzer und Tänzerinnen. Tum-tum-tum, Tum-tum-tum, immer mehr klingt es wie Peitschenhiebe. Immer mehr kommt die Sonnenglut zum Durchbruch, der diese Menschen der Wüste ausgesetzt sind. Tum-tum-tum Tum-tum-tum, unablässig und immer nur Tum-tum-tum Tum-tum-tum, dazu monotoner Gesang, klatschende Hände, stampfende Beine, rhytmisch zuckende Menschenleiber in einer schwülen Nacht unter samtschwarzem von Sternen übersätem Himmel.

Adams unvermittelte Bemerkung: „gehen wir, es ist Zeit," reißt Karl aus seiner Faszination. Schon leicht befangen kann er nun verstehen, dass dieses fortwährende Tum-tum-tum einen Menschen in Ekstase bringen kann und Karl sagt seine Empfindung seinen Begleitern.
„Meine Fatima sagt, in solch einer Nacht seien die Männer wie Hunde, die eine läufige Hündin wittern," erwidert Hilde Goldmann.
„Ja, des stimmt, aber i glaub, dass des viele Weibsen wolln. Die Liebe ist doch hier in allererster Linie sinnlich. Wann einer Fatima gleich von vorn herein sagst, dass eben nur des Bestimmt von ihr willst, dann beleidigst sie damit net.

Das Fest

Doch Sie verlangt gar keine Treueschwüre und Versprechungen, die es Triebhafte veredeln solln. Sie hält sich für dem Mann seine Dienerin und hat seine Wünsch zu erfülln. Aber gehen wir, der Adam ist schon da vorn."

Freundlich verabschieden sie sich von den vielen Bekannten und auf dem Weg zurück begleitet sie bis in die Stadt das Tum-tum-tum.

Inge Wieser öffnet den Fensterladen wie jeden Morgen so scheint auch heute die Sonne vom strahlend blauen Himmel in das Schlafzimmer. Sie scheint voll in Karls Gesicht und kitzelt die Nase des Schläfers der davon erwacht. „Herrgott, kann man denn nicht mal am Pfingstsonntag ausschlafen!" brummt er Inge an. Die tröstet ihn. „Ach Du Armer! Ist denn der Wein von gestern Abend noch nicht verdaut? Jetzt ist es neun Uhr und Du wolltest doch zum Boule spielen."
Karl schaut auf seine Uhr. „Ja ja, ich komm ja schon. Richt mal das Frühstück."
Wie Inge in die Küche geht bringt der Bäcker frisch gebackenes Brot und die Fatima kommt. Sie hat sich heut besonders schön gemacht und ihr Haar mit Henna eingerieben. Sie war gestern im Bad, berichtet sie stolz Inge und zeigt ihren Bauch, der mit schmutzigen und nach Schweiß riechenden Unterkleidern bedeckt ist. Trotzdem lobt Inge Fatima, denn das Bad hatte sie sicher einen Tageslohn gekostet. Und zur Belohnung holt Inge ein altes Hemd aus der Wäsche. Dankend nimmt es Fatima, verschwindet damit im Klo und zieht es an, obwohl ihr Inge gesagt hat, dass es noch nicht gewaschen sei.

Karl findet den Geruch des Henna widerlich, es treibt ihn aus dem Bett, er macht Morgentoilette und zieht sich an. Inge hat einstweilen den Tisch gerichtet und solange sie und Karl frühstücken untersucht in der Küche die Fatima den Mülleimer. Einige Orangenschalen klaubt sie heraus, Sonntagsfutter für das Schaf das sie sich hält. Danach räumt sie den Frühstückstisch ab und verzehrt die Reste in der Küche.

Inge hat ihr dazu grundsätzlich die Erlaubnis gegeben. Während nun Inge ihre Morgentoilette beendet arbeitet die Fatima, spült und putzt und stellt den Mülleimer vor die Küchentüre, damit Sinbad ihn leere. Karl nimmt seine beiden Kugeln und geht zum sonntäglichen Spiel.

Plötzlich merkt Fatima, dass sich am Mülleimer zwei der herrenlosen Hunde um einen Knochen streiten. Der ganze Müll liegt ausgebreitet im Hof. Mit einer Kanne Wasser jagt Fatima die Hunde davon und ruft Sinbad.

Sinbad ist Mädchen für alles in der Stadt. Seine kleine, hagere, keine fünfzig Kilo wiegende Gestalt steckt in einem blauen Arbeitsanzug, den ihm der gewichtige John Adshead vor Jahren einmal geschenkt hat. Kummer und Not haben die lederne Haut im Gesicht Sinbads mit unzähligen Furchen gezeichnet die es unmöglich machen, sein Alter auch nur annähernd zu schätzen. Die Firma hat ihn eingestellt für die Reinhaltung der Stadt und Sinbad nimmt diese Aufgabe mit Pflichteifer wahr. Ob werktags oder sonntags, immer ist Sinbad mit seinem Karren in der Stadt unterwegs, leert Mülleimer und hält die Straßen und Höfe sauber. Und da er nicht ungeschickt ist, weiß er sich bei den Hausfrauen behilflich zu machen, schlachtet hier ein Huhn, richtet dort dem Ehemann eine Bestellung aus, spaltet Holz, geht Einkaufen, holt den Friseur und dergleichen Dinge mehr. Und immer ist Sinbad dabei willig und freundlich.

So dauert es denn auch nicht lange bis auf Fatimas Ruf Sinbad mit seinem Karren an der Küchentüre erscheint, den verstreuten Müll sieht und Bescheid weiß. Er hebt einen Stein auf, wirft ihn nach den Hunden, die nun fluchtartig das Weite suchen. Dann untersucht er wie jeden Tag den Müll. Ein paar Holzspäne findet er, ein Stück Orangenschale das die Fatima übersehen hatte, vier Flaschenkorken und ein altes Stück Zeitungspapier. Er sammelt den Rest des Mülls wieder in den Eimer und bringt ihn zu seinem Karren, den zwei zehnjährige Marokkanerjungen durchsuchen, die jedoch sofort das Weite suchen wie sie Sinbad sehen. Der schimpft hinter ihnen her, verstaut seine geborgenen Schätze sorgfältig, leert den Eimer, bringt ihn in die Küche zurück und begrüßt dort mit Handschlag Fatima und Inge.

„Madame, hast Du mir nicht ein paar alte Schuhe vom Monsieur? Schau, meine sind ganz kaputt."

Tatsächlich, Inge wundert sich, dass diese Fußbekleidung überhaupt noch zusammenhält. Aber leider, Schuhe zum Wegwerfen hat Karl nicht. „Wenn ich mal welche habe bekommst Du sie, Sinbad."

Überschwänglich drückt er Inge die Hände. „Vielen Dank, Madame. Allah wird es Dir lohnen." Dann geht er, holt seinen Besen und fängt an den Hof um Wiesers Haus mit besonderer Sorgfalt zu kehren. Immer wieder schimpft er auf die beiden Hunde, die sich hier ihr Domizil eingerichtet haben.

„Madame, jetzt wird Dir Sinbad den Hof immer sauber halten wo Du ihm doch die Schuhe vom Monsieur versprochen hast."

„Fatima, das kann noch einige Zeit dauern, vorerst hat Monsieur lauter gute Schuhe und die kann ich noch nicht weggeben."

„Das macht nichts, Madame, aber einmal wirst Du ja Sindbad Schuhe vom Monsieur geben."

Gerda Baier aus Bu Seraul kommt. Inge gibt Fatima noch ein paar Anweisungen und setzt sich dann zu Gerda ins Wohnzimmer. Gerda interessiert sich zuerst für das Essen. Dann ändert Inge das Thema: „Jetzt ist es doch schon so warm. Ich kann nicht verstehen warum das Schwimmbad nicht geöffnet wird."

„Da musst Du schon warten bis wir vierzig Grad haben, vorher geht hier niemand. Aber es ist schon eingelaufen, wir könnten heute Nachmittag gehen. Da steigen wir einfach über den Zaun."

„Oh ja! Ich warte schon lange darauf hier mal baden zu können. Wenn Ihr gegessen habt dann kommt doch zu uns und macht hier Siesta, danach gehen wir baden."

Vor Goldmanns Haus warten bereits Adam, Franz Koller und Albert Fabry auf Karl Wieser. Jeden Sonntagvormittag werfen die vier dort ihre Kugeln und spielen so ihren Aperitif heraus, der nach dem Spiel gemeinsam im Popote genommen wird. Doch heute müssen sie früher enden, es ist Messe und Albert Fabry möchte sie nicht versäumen.

John Adshead kommt im weißen Tennisdress vorbei, er will mit Carol Horvath, Réné Blanc und Nicole Cheffer ein Doppel spielen. Adshead hat sich verspätet, doch sicher ist Nicole auch noch nicht dort und Horvath und Blanc haben für sich schon einige Sätze gespielt.

Auf dem Platz vor dem Popote spielen gleich drei Gruppen Boule. Eine Anzahl Schaulustiger steht dabei, gibt Ratschläge wie zu werfen ist und lobt gute Würfe.

Innen im Popote wird Karten gespielt. Mancioli spielt zusammen mit Bivel gegen Gonzalo und Père Pierre. Père Pierre kam bereits gestern Nachmittag nach Irahi, machte seinen Rundgang durch Büros und Werkstätten, redete mit jedem Europäer, erkundigte sich nach Wohlergehen, Familie und Arbeit. So wusste jeder, auch ohne dass er die Bekanntmachung der Firma gelesen hätte, dass am Abend Beichte und am nächsten Tag Heilige Messe sei. Père Pierre nahm dann auch abends die Beichte ab, er machte es kurz denn allzu viele Sünden gab es hier nicht und dann war das Leben in dieser Einöde ein mildernder Umstand, den auch Gott bestimmt gelten ließ. Und dann warteten im Popote ja auch Mancioli, Bivel und Gonzalo, mit denen der Père jedesmal bei seinem Aufenthalt in Irahi sein Spielchen machte. Und dieses Spielchen zog sich auch gestern in die Länge, dass Madame Cheffer bei all ihrer Ehrfurcht vor dem Père schließlich doch alle vier in die Betten schickte. Und heute sitzen diese vier auch schon wieder seit dem Frühstück zusammen am Tisch und sie haben wie immer ihren Kreis von Zuschauern, denn es lohnt sich diese vier Spielen zu sehen.

98

Père Pierre versteht es wie kaum ein anderer seine Karten auszunutzen und er und Gonzalo haben bereits eine ganze Anzahl Chips ihren Partnern abgenommen.

Einer der Umstehenden wendet sich an den Père: „Ich möchte sehen, dass Sie einmal hier in Irahi verlieren, Père. Heute habe ich ganz genau aufgepasst ob Sie nicht mit Tricks arbeiten. Soviel Glück kann doch kein Mensch auf Dauer haben. Aber Sie spielen wirklich gut."

„Aber Monsieur Morato, ich brauche keine Tricks, ich habe eben Gottes Segen. Sie verlieren öfters! Kommen Sie einmal wieder zur Beichte, wir können unter vier Augen reden."

„Wenn es sich um größere Beträge handeln würde müsse ich es mir nun direkt überlegen."

„Es handelt sich in dieser Hinsicht immer um größere Beträge, Monsieur Morato. Überlegen Sie es sich gut. Ich glaube Ihren Kummer zu kennen und kann Ihnen helfen. Wann sind Sie fertig mit Ihrer Siesta? Ich komme dann zu Ihnen."

„Lassen Sie es Père, es ist sinnlos. Ein Père wie Sie ist nicht die spanische Kirche."

„Wir sollten wirklich miteinander reden, Monsieur Morato. Nicht nur Ihretwegen. Auch mich interessiert das Problem. Schließlich könnte ich doch aus den Fehlern meiner spanischen Kollegen lernen."

„Was ich Ihnen darüber sagen kann wissen Sie bereits, Père."

„Monsieur Morato, mich interessiert die Perspektive von der aus sie die Zustände beurteilen, wirklich. Bitte erzählen Sie mir doch einmal was Sie erlebt haben. Doch nun müssen wir unser Spiel zu Ende machen, in fünf Minuten beginnt die Messe. Spielen Sie dann für mich weiter, Monsieur Morato. Etwas Segen hängt sicher noch am Stuhl."

Die vier spielen die Karten zu Ende. Père Pierre und Gonzalo erheben sich, sie gehen zur Messe. Morato und Frederic Cheffer springen ein.

„Macht uns keine Schande bis die Messe zu Ende ist, dann machen wir weiter."

Der Popote leert sich. Außer den vier Spielern sind nur noch Adam Goldmann, Franz Koller und Karl Wieser hier. Sie stehen an der Theke und Karl Wieser, der die Unterhaltung mit anhörte, wendet sich an Adam: „Was war eigentlich mit Morato los, ist er nicht gut auf die Kirche zu sprechen?"

„Morato? Er soll im spanischen Bürgerkrieg an die zwanzig Pfarrer eigenhändig aufgehängt haben. Er war dafür in ganz Spanien bekannt."

Dann wendet er sich an Madame Cheffer: „Noch drei Anis, Madame."

Die Einladung zum Abendessen und einer anschließenden Partie Schach, die Karl zu fortgeschrittener Stunde im Popote an Doktor Adshead machte, brachte etwas Missstimmung in Wiesers Ehe. Zum einen wollte Inge mit diesem Säufer keine engere Verbindung eingehen und zum anderen glaubte sie, mit ihren Kochkenntnissen vor dem Arzt schlecht abzuschneiden. Doch nun war die Einladung ausgesprochen und Wiesers konnten sie nicht mehr zurücknehmen, da der Arzt sich wirklich darüber gefreut hatte.

Nicht einmal das Baden im großen Schwimmbecken, das heute nur Inge Wieser und Gerda Baier gehörte, und das gute Zureden Gerdas konnten Inge ihren Kummer ganz nehmen. Missmutig steht sie am Herd bis Adshead klopft und eintritt. Er bringt einen großen Strauß herrlich duftender Rosen, den er eigens für diesen Abend aus Marrakesch kommen ließ und das versöhnt Inge. Mit solcher Aufmerksamkeit hat sie nicht gerechnet. Als es dem Arzt dann auch noch schmeckt und er sowohl die Suppe als auch Braten, Sauerkraut und Knödel aufrichtig lobt, vergisst Inge ihren Kummer und beginnt sich über den Abend zu freuen, zumal der Gast angenehm zu erzählen weiß und auch etwas Fundiertes sagen kann.

Schon während des Aperitifs sprach man über das Gesundheitswesen im Lande und Adshead ließ wenig Gutes an den Franzosen. Was bis zur Unabhängigkeit geschah, wäre ausschließlich im Interesse der Kolonialisten geschehen, nur zu deren Schutz hätte man die Seuchenherde auch bei den Marokkanern bekämpft. Obwohl nach dem Kriege als Maßnahme forciert, sei bei der Selbständigkeit in den ländlichen Bezirken auf etwa dreitausend Einwohner nur ein Arzt gekommen. Dabei habe solch ein Arzt noch einen ansehnlichen Teil seiner Arbeitszeit für die Europäer in seinem Bezirk aufgewendet. Ferner hätte es im ganzen Land nur zehntausend Krankenbetten gegeben, von denen zwölf Prozent ständig für die Europäer reserviert waren.

Während des Essens spricht Adshead über seine Tätigkeit bei der COSUMA, einer Firma die praktisch das Monopol der Zuckerraffination im Land hat.
„Schauen Sie, Monsieur Wieser, bei den komplizierten Arbeitsgängen der Zuckerfabrikation benötigt man eine erfahrene Stammbelegschaft. Da kann man sich Ausfälle durch Krankheit schlecht leisten. Und wenn nun die Arbeiter in einer Bidonville wie Ben Msik in Casa leben, wo fast eineinhalbtausend Typen auf einem Hektar hausen, wo es für die fünfzigtausend Menschen nur sechs Brunnenanlagen, keinerlei Kanalisation, Latrinen und Strom gibt, dann sind sie besonders anfällig für Krankheiten. Darum baute die COSUMA die Arbeitersiedlung. Zudem hatte man die Arbeiter in der Hand, denn wer seinen Arbeitsplatz verlor, der verlor auch seine Wohnung. Diese Abhängigkeit war so stark, dass sich niemand getraute, in die Gewerkschaft einzutreten. Das sind die wirklichen Gründe, warum die im ganzen Land als Muster gepriesene Siedlung gebaut wurde. Aber ich glaube, Sie langweilen sich bei diesem Thema, Madame."
„Im Gegenteil, Doktor, es ist äußerst interessant, was Sie sagen. Aber solch eine Siedlung ist doch trotzdem ein Fortschritt für die Menschen. Es ist doch besser, sie leben dort als in solch einer Bidonville."
„Es ist Ansichtssache was besser ist, Madame. Die Siedlung der COSUMA wurde wirklich nicht im Interesse der Arbeiter gebaut. Es wurde nämlich genau ausgerechnet, ob sie billiger kommt oder der dauernde Ausfall von Arbeitern und deren Abhängigkeit vom Betrieb. Weil die Gewerkschaften keinen Einfluss ausüben konnten

und keine Lohnforderungen stellen, und so auch keine Streiks zu befürchten waren, konnte der Arbeitslohn auf Jahre im Voraus als feste Größe eingeplant werden. Diese Siedlung brachte dem Betrieb Profit, nur darum wurde sie gebaut, nur darum. Das Stammkapital der COSUMA stieg nicht von allein innerhalb von fünfundzwanzig Jahren auf das dreihundertfache! Nach dem Dessert kommt Karl Wieser wieder auf diese Thema: „Doktor, Sie sprachen von der erschreckend hohen Wohndichte in dieser Bidonville. Wie hoch ist sie nun in dieser Siedlung der COSUMA und, nur zum Vergleich, in den Europäervierteln in Casa? Wissen Sie darüber Bescheid?

„In der COSUMA-Siedlung lag sie seinerzeit bei siebenhundert, also halb so hoch wie in Ben Msik. Wenn ich mich nicht irre, dann liegt sie in den Europäervierteln Casas bei etwa hundert, aber da bin ich nicht ganz sicher."

„Wenn ich nochmals auf das Thema zurückkommen darf, durch das wir durch den Braten unterbrochen wurden, Doktor, haben denn die Marokkaner überhaupt ein Interesse daran, einen europäischen Arzt aufsuchen zu können?"

„Da treffen Sie einen wunden Punkt, Madame. In der Tat gibt es da eine Menge Misstrauen zu überwinden. Meist nehmen die Typen ihre Hausmittel oder gehen zum Marabut. Nur wenn dann keine Besserung eintritt, gehen sie als letzten Ausweg zum Arzt und dann ist schon viel versaut. Es sind also meist nur schwere Fälle. Kommt dann so ein Typ mit seiner Frau zum Arzt, dann nimmt sie nicht mal den Schleier ab und der Arzt muss seine Fragen an den Mann richten, mit der Frau darf man garnicht reden, geschweige denn untersuchen. Solche Blüten treibt hier die Religion. Mit entsprechender Aufklärung und dem Einsatz von einheimischen Ärzten wäre doch etwas zu erreichen. Aber gerade die Ausbildung von Einheimischen zu Ärzten haben die Franzosen unterbunden. Daran sieht man, wie wichtig ihnen die Gesundheit der Bevölkerung wirklich war. Aber spielen wir Schach, Monsieur Wieser. Wenn die zweite Hälfte der Flasche getrunken ist, kann ich mich nicht mehr voll konzentrieren."

„Bei Ihren Schachkenntnissen kann mir das nur recht sein, Doktor. Ich habe auch noch eine zweite Flasche Whisky kalt gestellt."

„Ich trinke erst mal diese leer, dann sehen wir weiter."

102

An diesem Morgen kommt gleich nach Arbeitsbeginn über das Radio die Durchsage, dass Generaldirektor Surand und der erste Direktor für die Minen aus der Pariser Zentrale des Konzerns, Monsieur Marcel Delzers, so gegen zehn Uhr mit dem Flugzeug in Irahi landen werden. Zwei weitere Herren aus Paris seien dabei. Es soll an Ort und Stelle der weitere Ausbau der Minen nach dem Urlaub festgelegt werden.

Diese Durchsage bringt Unruhe in die Büros von Irahi. Die Türe zu Armand Beckers Zimmer wird weit geöffnet. Vom Schreibtisch aus gibt der Patron seine Anweisungen und ruft zu sich wen er gerade braucht, so dass das Haus allein schon von dieser kräftigen Stimme erfüllt ist. Die übrigen Europäer wirken wie ein aufgescheuchter Bienenschwarm, geben die empfangenen Anweisungen ebenso laut wie der Patron weiter und rufen die verfügbaren Marokkaner als Boten oder Handlanger.

Auch Karl Wieser rennt durch die Gegend. Er hat für die Konferenz eine Menge Pläne zu machen. Doch Ahmed ist nirgends aufzufinden, nicht in der Schreinerei, nicht im Büro des Geologen, nicht im Magazin. Wieser schickt Sinbad, den er unterwegs trifft auf die Suche nach Ahmed.
„Woacha, Monsieur," sagt Sinbad, „pass einstweilen auf meinen Wagen auf. Die Lausejungen stehlen mir sonst die besten Sachen."

Fast eine halbe Stunde nachdem Wieser Sinbad auf die Suche geschickt hat, kommt Ahmed gemächlich ins Büro. Wieser fährt ihn sofort an: „Wo kommst Du endlich her?" Eine Stunde bist Du nun fort. Um zehn Uhr kommt Monsieur Delzers. Bis dahin will der Patron von all den Plänen hier Abzüge. Wenn Du sie nicht fertig hast bekommst Du diesen Monat keine Prämie!"
Ahmed merkt die dicke Luft im Hause. Er brummt vor sich hin, dass Irahi eben ein Gefängnis sei, nicht mal könne man in Ruhe zurück und sein Haus abschließen wenn man das in der Frühe vergessen hätte. Dann verschwindet er in der Geologie und

103

holt Brahim. Nicht lange danach kommen die beiden zurück und machen sich an die Arbeit. Es geht langsam, dieses Lichtpausen mit Sonnenlicht. Blanc kommt und erkundigt sich nach den Plänen, Becker kommt.

„Wenn die Pläne nicht bis zum Beginn der Konferenz fertig sind bekommt Ihr zwei keine Prämie. Sie sorgen dafür, Monsieur Wieser!"

Wieser hilft auch mit. Um neun Uhr ist erst ein gutes Viertel fertig. Da kommt der Bäcker und bringt Ahmed und Brahim wie jeden Tag drei Brote. Die beiden packen sie ein und gehen zur Türe hinaus. Wieser geht ihnen nach. „He, Ahmed, Brahim, hiergeblieben! Wollt Ihr etwa jetzt Eure Brote ins Dorf tragen?"

„Wir werden schon fertig, Monsieur, Inschallah."

„Ihr bleibt hier und macht eure Arbeit fertig, dann könnt ihr von mir aus gehen. Wie stellt Ihr Euch denn das vor, jetzt eine halbe Stunde wegzugehen? Ihr bekommt ja so die Pausen nicht fertig!"

„Wenn Mulanah will werden sie fertig, Monsieur."

„Mulanah, Mulanah! Die Pausen müsst Ihr machen, nicht Mulanah!"

„Monsieur, wir sind nur seine Werkzeuge. Nur wenn er will werden die Pausen fertig und wenn er nicht will können wir uns anstrengen so viel wir wollen."

Resigniert kommen die beiden zurück und arbeiten weiter. Trotzdem fehlt bei Konferenzbeginn noch eine ganze Anzahl Pläne. Doch als Rene Blanc den Stoß abholt, sagt er nur: „Bringen Sie mir dann die fehlenden Pläne herein sobald sie fertig sind, Monsieur Wieser."

Kurz nach Blanc kommt Idder in Wiesers Büro. „Wie geht's Monsieur? Weißt Du ob die Konferenz schon begonnen hat?"

„Tag Idder, willst Du zum Patron oder zu Monsieur Surand? Da musst Du noch eine Zeitlang warten, sie haben eben erst mit der Besprechung begonnen."

„Ich will mit Monsieur Delzers sprechen, so ein großer Chef kommt sehr selten nach Irahi. Sicher hat er mehr für uns Typen übrig."

104

„Da wünsche ich Dir viel Erfolg, Idder. Habt Ihr eigentlich schon wegen meiner Aufnahme in Eure Gewerkschaft gesprochen?"

„Du musst Dich etwas gedulden, wir sind noch nicht dazu gekommen, Monsieur. Aber ich muss nun auf Monsieur Delzers warten. Auf Wiedersehen."

„Viel Erfolg, Idder, und denk an meine Aufnahme."

Lange muss Idder im Gang vor Beckers Türe warten, hinter der der weitere Ausbau der Minen besprochen wird. Doch Idder hat Zeit, er hat heute seine Schicht gewechselt, denn heute will er es genau wissen. Er muss mit Delzers und Surand reden. Schon dreimal war Idder bei Monsieur Becker und hat verlangt, dass alle Arbeiter im Jahr noch einen zweiten Arbeitsanzug von der Firma bekommen. Doch jedes Mal bedauerte Becker mit dem Hinweis, dass er an Weisungen aus Paris und Casa gebunden sei. Jetzt ist für Idder die Gelegenheit selbst die Herren zu fragen wieso es diese Weisungen gibt.

Wie die Konferenz zu Ende ist und Delzers mit Anhang aus der Türe tritt geht Idder auf ihn zu: „Monsieur Delzers und Monsieur Surand, darf ich auch mit Euch ein paar Worte reden?"

Armand Becker schiebt sich dazwischen: „Was willst Du Idder? Lass die Herren in Ruhe, sie haben Wichtigeres zu tun als Dich anzuhören. Ich ruf Dich wenn ich Zeit habe. Geh jetzt!"

„Monsieur Becker, ich habe schon dreimal mit Dir wegen eines zweiten Arbeitsanzugs gesprochen und immer hast Du gesagt, dass Monsieur Surand und Monsieur Delzers dagegen wären. Ich will darum jetzt mit den beiden Herren selbst darüber reden."

„Das ist nicht nötig. Geh jetzt endlich und halte uns nicht auf."

Doch Idder bleibt mitten im Gang stehen. Da wendet sich Marcel Delzers an Becker: „Wer ist dieser Mann und was will er, Monsieur Becker?"

105

„Das ist Idder, der Betriebsrat. Er kommt sich sehr wichtig vor und verlangt, dass wir den Typen einen zweiten Arbeitsanzug im Jahr stellen sollen. Ich habe es bisher immer abgelehnt."

Da wendet sich Delzers an Idder: „Warum wollt Ihr einen zweiten Anzug, Idder? Die Firma gibt euch doch einen im Jahr, genügt das denn nicht?"

„Nein Monsieur, das ist zu wenig. Die Arbeit in der Mine ist hart und auch in den Werkstätten wird man sehr schmutzig und die Kleider gehen sehr schnell kaputt. Ein Anzug reicht da kein Jahr. Schau doch einmal die Typen in der Mine an was für kaputtes Zeug sie anhaben. Und wir verdienen zu wenig um auch noch ordentliche Arbeitskleider kaufen zu können. Ich habe schon oft mit Monsieur Becker darüber gesprochen, aber er sagt, dass Du es verboten hättest uns einen zweiten Anzug zu geben. Monsieur Delzers, wir sollten ganz dringend einen zweiten Anzug haben."

Armand Becker unterbricht Idder: „Ach was, wenn man Euch zwei Anzüge im Jahr gibt, dann verkauft Ihr einen davon. So ist es doch. Wird nicht jetzt schon immer mal wieder ein Anzug auf dem Souk verkauft? Ihr geht doch viel lieber in Lumpen und verkauft einen guten Anzug um der paar Kröten willen."

„Es kann sein, Monsieur Becker, dass vielleicht mal ein Anzug auf den Souk kommt. Der ist dann aber nicht von einem Typ."

Da wendet sich Delzers an Becker: „Was kostet so ein Anzug, Monsieur Becker?"

„Tausendfünfhundert Francs, Monsieur Delzers. Aber die Typen würden den zweiten Anzug wirklich nur verkaufen. Sie fühlen sich nur in Lumpen wohl. Der zweite Anzug würde die Firma im Jahr über eine Million kosten."

Idder protestiert: „Monsieur Becker, man kann mit einem einzigen Anzug gar nicht besser angezogen sein wie mit Lumpen. Auch wenn man wollte. Oft geht er schon nach einer Woche kaputt, es ist doch das Billigste das es gibt."

„Ich habe meinen Anzug schon zwei Jahre und er ist noch immer gut, Idder."

„Du gehst aber auch nur einmal im Monat in die Mine und arbeitest dort nicht wie wir, Monsieur Becker."

Delzers legt Idder die Hand auf die Schulter und bietet ihm eine Zigarette an: „Nun ja, Idder, ich glaube schon, dass Ihr Verschleiß an Kleidern habt. Aber bedenke auch dass ein zweiter Anzug die Firma im Jahr über eine Million Francs kostet. Das ist viel Geld und man muss dafür viel Kobalt verkaufen. Vielleicht weißt Du, dass seit der Unabhängigkeit Marokkos unsere Minen keinen Gewinn mehr bringen, wir müssen viel Steuern bezahlen. Wir betreiben die Minen nur noch damit Ihr hier Arbeit habt. Aber rede nochmals mit Monsieur Becker, vielleicht könnt Ihr doch irgendwie einig werden."

Ben Aissa bewohnt zwei nebeneinanderliegenden Wohnungen in einem der Blöcke, welche die Firma in Irahi erstellt hat. So hat er den Vorteil, wenigstens zwei feste Räume zu besitzen. Ein Durchlass, der mit einem handgeknüpften Teppich verhängt ist verbindet sie. Und da ben Aissa stolz auf seine sechs Jungen ist, hat er ihnen und den drei Mädchen großzügig diesen zweiten Raum überlassen. Er selbst schläft im Anbau der zweiten Wohnung, der als Küche gedacht war und seine Frau Fatima empfindet es als Zeichen wirklicher Anerkennung, denn sie hat ja ben Aissa acht Jungen geboren, von denen allerdings zwei wieder gestorben sind, dass sie im gleichen Gemach wie ihr Mann schlafen darf und ihr Lager nicht in der Küche oder im Stall bei den zwei Zeigen und acht Hühnern aufschlagen muss. Diese Einstellung von ben Aissa wird sowohl von Fatima als auch von allen Kindern entsprechend gewürdigt und so ist es das Natürlichste auf der Welt, dass das einzige Bett der Familie nur ihm, ben Aissa zusteht. Gewiss, wenn seine Mutter zu Besuch kommt so überlässt ben Aissa ihr dieses Bett und schläft im Wohnraum. In diesen Tagen ist jedoch ben Aissa immer mürrisch, Fatima und die Kinder gehen ihm dann so gut es geht aus dem Weg, denn dann sitzt bei ben Aissa die Hand immer sehr locker. Doch zum Glück der Familie sind diese Besuche selten.
Niemand weiß wie alt ben Aissa ist, nicht einmal er und seine Mutter. Sie sagt, dass er in dem Jahr geboren wurde als der Ramadan in die Zeit der kürzesten Tage des

Jahre fiel und so hat ben Aissa ausgerechnet, dass er ungefähr sechsundvierzig Jahre sein müsse. Doch wieso soll man sich darüber Gedanken machen, das Leben läuft so oder so in der von Allah vorgezeichneten Bahn. Und ben Aissa ist damit zufrieden. Gewiss, seine erste Frau musste er fortjagen. Fünf Kinder hatte sie ihm geschenkt, davon zwei Jungen. Doch beide Jungen waren gestorben, auch eines der Mädchen. Und er, ben Aissa, Facharbeiter, konnte es sich nicht leisten ohne männlichen Nachwuchs zu sein. Noch am selben Tag, an dem sein zweiter Junge starb, jagte er seine Frau mit den beiden Töchtern aus dem Haus. Als das erste Kind seiner zweiten Frau ein Mädchen war, wies er auch ihr die Türe. Dabei rechnete er es sich hoch an, dass er sie noch eine Woche nach der Entbindung im Haus ließ. Erst seine dritte Frau schenkte ihm dann einen Sohn. Allerdings starb der, doch da hatte ben Aissa schon eine Tochter und einen zweiten Sohn. Und heute hat ben Aissa sechs Söhne, die ihn einmal im Paradies ehren werden.

Ben Aissa arbeitet in der Garage bei Franz Koller und wird von diesem als guter Facharbeiter geschätzt, ja Franz Koller behauptet sogar, wenn in der ganzen Provinz Ouarzazate ein Marokkaner wirklich etwas von Autos versteht, dann ist es ben Aissa. Franz Koller vermittelte es auch, dass ben Aissa regelmäßig nach Karl Wiesers Auto schaut und dafür immer ein ansehnliches Trinkgeld bekommt. Um sich nun auch erkenntlich zu zeigen hat ben Aissa Karl und Inge Wieser eingeladen, einmal richtig bei Marokkanern Kuskus zu essen, so sitzen die beiden mit Franz Koller im Wohnraum bei ben Aissa.

Wie alle diese Räume, die von der Firma erstellt wurden ist auch ben Aissas Wohnraum ungefähr fünf Meter tief und vier Meter breit. Nur eine Türe, kein Fenster, geht auf den mit einer hohen Mauer umgebenen kleinen Hof. Die Türe ist völlig offen und es schwirren unzählige Fliegen im Raum. Die Wände zeigen deutlich die Spuren der Kinder ben Aissas. Ein kleiner Schrank steht an der Wand neben der Türe, von der Ecke steht ein kleines Tischchen, auf dem ein billiges Radiogerät steht und unablässig diese zirpende arabische Musik von sich gibt. Darüber ist ein kitschiger Druck von Sultan Mohamed V, der als Vater des jetzigen Königs Marokko die Unabhängigkeit erreichte, mit rohen Holzleisten an die Wand genagelt. Der Fußboden der hinteren Hälfte des Raumes ist mit Teppichen ausgelegt, die Fatima selbst geknüpft hat. Den Wänden entlang sind aus billigem Stoff und mit Stroh gefüllt Sitzkissen, auf denen nun die drei Europäer sitzen. Vor ihnen steht ein niedriges rundes Holztischen auf dessen anderer Seiten ben Aissa auf dem Fußboden hockt.

Ben Aissa trinkt mit seinen Gästen heißen Minztee, den er nach Landesbrauch aus grünem Pfefferminz und sehr viel Zucker bereitet hat. Man spricht über das Leben in Marokko, dass seit der Unabhängigkeit alles viel teurer geworden sei und, dass es jetzt viel mehr Arbeitslose gäbe wie früher und dass eben jeder in seine Tasche arbeite. Hier in Marokko könne man alles kaufen. Wenn Madame zum Beispiel einen Führerschein wolle, so könne er, ben Aissa ihr schon einen besorgen. Allerdings käme es Madame billiger wenn Monsieur Wieser ihr das Fahren lernen würde.
„Was würde der Führerschein denn kosten, ben Aissa?"
„Vielleicht fünfzigtausend Francs, Madame."
Franz Koller schaltet sich ein: „Des machst net, Inge. Wann Du den Führerschein willst, dann soll Dir Karl doch es Fahren beibringen. Zeit hast doch, kannst doch hier solang probiern bis es kannst."
Ben Aissa pflichtet Koller bei. Dann fängt Franz ein anderes Thema an: „Ben Aissa, jetzt können wir ja darüber reden. Du warst doch heute mit einem der Herren aus Paris bei dem alten Kompressor. Wie ging es dort?"
„Monsieur Koller, der Herr hat sich das Ding angeschaut, ich musste es aufmachen. Er hat mich dann gefragt ob ich wisse woher der Kompressor sei und dass es doch ein alter sei. Ich habe ihm gesagt, dass ich nichts wisse, ich sei damals krank gewesen und wie ich kam hat man mir gesagt, dass das der neue Kompressor wäre. Mehr habe ich nicht gesagt, soviel der Herr mich auch fragte."

Dann steht ben Aissa auf, geht hinaus und kommt mit Waschschüssel, Wasserkrug und Handtuch zurück. Die Hände werden gewaschen. Fatima bringt die Brotfladen, vor jedem schichtet sie drei auf. Die Teegläser werden abgeräumt. Dann kommt in einer großen irdenen Schüssel dampfend ein Huhn, garniert mit Mandeln, Rosinen und Zwiebeln.

„Oh, des is was Feins. Habt Ihr des noch nie gessn? Ich mags." Und schon hat Franz Koller eines seiner Brote entzweigebrochen, tunkt mit den Fingern ein Stück davon in die Soße und holt damit ein paar Mandeln heraus. Ben Aissa zupft das Fleisch von den Knochen des Huhnes und schiebt es seinen Gästen zu. Die tauchen ihre Brotbrocken nun auch in die Soße und greifen herzhaft nach Fleisch, Rosinen und Mandeln.

„Es schmeckt herrlich, ben Aissa. Isst Du denn nichts?"

„Doch, doch, Madame."

Aber immer mehr Fleisch schichtet ben Aissa vor seinen Gästen auf. Er wird nicht müde die besten Brocken besonders Inge vorzulegen. Und den Gästen schmeckt es, sie futtern. Über ben Aissas Gesicht geht ein zufriedenes Grinsen.

Erst als Inge ben Aissa zum zweiten Mal auffordert, doch endlich auch etwas zu essen, nagt er einige Knochen ab. Doch immer wieder findet er ein Stück Fleisch, das er für Wert hält, den Gästen vorzulegen.

„Also jetzt reicht es mir wirklich, ich bringe nichts mehr hinunter." Inge wischt sich den Mund mit einer Serviette ab.

„Ah geh, Du kannst schon nimmer? Des war doch eh nur die Vorspeis."

Und wirklich, Fatima räumt ab und bringt dann eine Schüssel mit Kuskus, Hammelfleisch und Gemüse.

„Ich schaffe nichts mehr.

„Lass di net lumpen, Karl. Es is ein neuer Gschmack, wirst sehn, es geht. Außerdem darfst den ben Aissa net beleidigen. Wann nix mehr isst wird er sauer."

Man greift mit der Hand in die Schüssel, formt Klöße. Franz Koller und ben Aissa sind perfekt und zeigen Inge und Karl wie man richtig Kuskus isst. Wie ben Aissa sieht, dass seine Gäste zum größten Teil gesättigt sind, greift er nun auch kräftig zu.

„Warum isst eigentlich Deine Frau nicht mit, ben Aissa? Lass sie doch hereinkommen."

„Die hat in der Küche zu tun, Madame."

„Aber dann bekommt sie ja nichts von diesem herrlichen Essen."

„Es bleibt schon etwas für sie und die Kinder übrig."

„Des is hier normal, Inge, d' Frauen kommen net ins Zimmer wenn männliche Gäst da sind. Bei richtigen Arabern da kriegt der Gast die Frau überhaupt net z' Gsicht, die muss sich da verstecken wann man kommt. Lass nur sei Alte, die könnt e net verstehn dass auf einmal dabei sein sollt."

„Ich kann einfach nicht verstehen, dass sich die Frauen hier diese Behandlung durch die Männer gefallen lassen. Wenn mein Mann . . ."

„Die Weiber wollen es ja gar nicht anders. Sie glauben dass Allah sie zum Wohlergehn und zur Feud von den Männern gschaffen hätt. Und es ist doch so, wenn jemand überzeugt hast, dass er nur durch einen ganz bestimmten Glauben ein herrliches Leben nach dem Tod hat, dann macht er den größten Blödsinn mit und schluckt die schlimmste Erniedrigung und die härteste Not."

Wie ben Aissa sieht, dass niemand mehr Anstände macht zu essen ruft er seine Frau, die die Schüssel mit Kuskus abträgt. Ben Aissa bringt wieder Wasserschüssel, Krug, Seife und Handtuch und jeder wäscht sich die Hände. Fatima bringt eine Schale Obst und dann hört man wie sich ben Aissas Familie im Hof über den Rest des Essens hermacht.

„Warum hast Du eigentlich keine zweite Frau, ben Aissa?"

„Eine Frau kostet viel Geld, Madame."

„Berber ham sehr selten eine zweite Frau, Inge. Bei denen hat s' noch ein bisserl mehr Wert wie bei den Arabern. Wenn die es machen können, dann nehmen sie sich auch die vier Frauen, die erlaubt sind," klärt Franz Koller Inge auf.

Minztee und Gebäck beschließen das Essen bei ben Aissa.

Nachdem Jean Bivel sich verabschiedet hat, sind Paul Yvert und Carol Horvath die letzten Gäste an der Theke bei Nicole Cheffer. Sie hat schon lange darauf gewartet und beginnt nun: „Als die Herren aus Paris heute Nachmittag beim Patron waren, da haben sie auch über den Kompressor gesprochen. Ich habe einiges davon gehört, denn der Patron spricht ja sehr laut wenn er erregt ist. Er sagte, dass er eben nicht die richtigen Leute hätte, die einen Kompressor bedienen könnten. Daher allein käme immer wieder der Ausfall und daher sei er auch schon so zu Schaden gerichtet, dass er schrottreif wäre. Wenn man einen neuen Kompressor nach Irahi schicke, dann müsse auch ein Mann her zum Bedienen. Koller könne nicht nach allem schauen. Auf diese Art ging es eine Zeitlang hin und her. Leider sprachen die anderen Herren zu leise, so dass ich sie nicht verstehen konnte.

„Danke, Nicole, ich denke, dass mich Monsieur Surand …"
weiter kommt Paul Yvert nicht. John Adshead tritt in den Popote. Nur an den etwas glasigen Augen kann man sehen, dass der Arzt schon etwas zu viel getrunken hat.

„Guten Abend beisammen. Ich dache doch gleich, dass ihr noch hier seid. Drei doppelte Whisky, Nicole, und für Dich was Du willst. Sitz ich doch heute Abend bei Becker die ganze Zeit hinter einem leeren Glas! Delzers und Surand bot der Alte laufend an, nur mein leeres Glas wollte er nie sehen. Auch Blanc hatte nie leer."
„Ihr Glas wird wohl am öftesten leer gewesen sein, Doktor."
„Das spielt doch keine Rolle, Horvath. Wenn ich Gäste habe, dann biete ich an bis sie unter dem Tisch liegen. Aber in der Gesellschaft heute Abend legte man eben keinen Wert auf John Adshead, das merkte ich bald. Bei den Herren zählt doch nur, was ein Mensch in barer Münze abwirft. Adshead ist eben ein notwendiges Übel, ein Aushängeschild für soziale Einrichtungen. Man will zeigen, dass man sich um die Gesundheit der Belegschaft verpflichtet fühlt. Mein Wert besteht nur im Entscheiden, ob Arznei billiger kommt oder das Anlernen eines neuen Arbeiters. Drei Doppelte, Nicole."

„Das ging wohl an Ihre Ehre, Doktor. Aber eine Firma ist nun mal kein Wohltätigkeitsverein. Man bezahlt die Leute nicht ihrer schönen Augen wegen."

„Yvert, Ehre ist die Meinung von unserm Wert und die Angst vor dieser Meinung. Auch wenn es mich nicht groß kümmert was andere über meine Lebensweise denken, so will ich doch nicht ganz nutzlos gelebt haben. Ich bin eben auch nur ein Mensch. Und zum andern erwartet niemand, dass ein Betrieb eine Wohlfahrtseinrichtung ist. Aber wenn ein Mann fünfzehn, zwanzig, fünfundzwanzig Jahre geschuftet hat, sich in der Mine die Lunge versaut hat, ein krummer Hund geworden ist durch dauernde einseitige Belastung, wenn ihn der Krach an seinem Arbeitsplatz taub gemacht hat, dann kann man nicht mehr von Wohltätigkeit reden, Monsieur Yvert. Dann hat der Mann mehr geleistet als Coupons geschnitten und Dividenden eingesteckt, dann hat er denen, die das tun und sagen, das wäre die Entschädigung für ihre große Verantwortung, bestimmt soviel Gewinn gebracht, dass er nun wenigstens einen Teil des Zinses Wert wäre. Schenk ein, Nicole!"

„Sie sind heute ganz schön in Fahrt, Doktor," bemerkt Horvath, während Yvert auf das Thema des Arztes eingeht:" Sie kennen doch die Typen so gut wie ich, Doktor. Wieviele sind das schon, die wirklich schuften? Doch nur ein paar Prozent. Und es sind doch Typen, die froh sind, dass sie überhaupt hier arbeiten dürfen, sonst säßen sie in ihren Dörfern, würden Flöhe fangen und die Frauen arbeiten lassen. Soll man da auf einen einzelnen Rücksicht nehmen wenn es so viele gibt? Wieviele warten darauf, dass endlich eine Stelle für sie frei wird."

„Nicole schenk ein, und wenn die Herren leer haben, ihnen auch, den ganzen Abend. Zuerst zu Ihnen, Monsieur Horvath. Ja, ich bin in Fahrt. Da hocken sie bei Becker in der Wohnung, fressen die besten Brocken und saufen das Beste was greifbar ist. John Adshead lassen sie dabei so richtig merken, dass er ein Wurm ist. Und sind sie vielleicht mehr? Vielleicht Delzers, weil er ein paar Aktien hat. Aber die andern. Auch sie fallen, wenn sie nicht mehr den erhofften Profit bringen, allerdings etwas sanfter als ein Typ. Aber sie fallen."

Adshead trinkt sein Glas leer, lässt nachschenken und fährt fort: „Und Sie, Monsieur Yvert, wissen genauso gut wie ich, dass nicht nur ein paar Prozent der Typen wirklich gut schuften, es ist eine ganze Anzahl. Und die andern haben Recht. Bei diesem Hungerlohn würde ich auch nicht meine Gesundheit aufs Spiel setzen."

Wieder trinkt Adshead aus und lässt nachschenken: „Lassen Sie mich weitersprechen. Sie sprechen verächtlich von den Typen, Monsieur Yvert. Wissen Sie, dass die Mauren, also die Marokkaner, Europa die Kultur brachten? Unser Adel übernahm das, was man Ritterlichkeit und Galanterie hieß und heißt von den Mauren, als diese Spanien erobert hatten. Um die Jahrtausendwende hat es im maurischen Cordoba zwanzig öffentliche Büchereien gegeben von denen eine allein mehrere hunderttausend Bände hatte, während die größte Bibliothek Englands gerade siebenhundert Bücher umfasste. Zu jener Zeit gab es in jedem Cordoba dreihundert öffentliche Bäder, während man im Abendland erst im siebzehnten Jahrhundert anfing, sich die Fingernägel zu putzen. Auch daran sollte man denken." Adshead merkt, dass er seine drei Gesprächspartner mit seinem Wissen überrascht hat. Genussvoll leert er sein Glas und bestellt nach. Da entgegnet ihm Yvert. „Doktor, es mag stimmen was Sie sagen. Aber das war vor langer Zeit. Als wir Franzosen nach Marokko kamen sah es anders aus. Es gab keinen Staat, der Machtbereich des Sultans war auf ein paar Städte um Fes, Rabat und Marrakesch beschränkt. Jede Sippe hatte mit der anderen Krieg. Außer Trampelpfaden gab es im ganzen Land keine einzige Straße. Es gab keinen brauchbaren Hafen, keine Industrie, keine Eisenbahn, keine Schulen. Was heute Marokko ist, das haben wir Franzosen gemacht, Doktor!"
„Schenk ein, Nicole, darauf muss ich erst einen trinken. So, so, Ihr Franzosen seid also nach Marokko gekommen um hier Schulen und Straßen und Häfen und Industriebetriebe zu bauen. Wohl der lieben Marokkaner wegen? Ist es nicht so gewesen, dass dieser ganze Aufbau ohne irgendwelche marokkanische Beteiligung allein vom Großkapital Ihres Landes geplant und ausgeführt wurde, um erstens einen kontrol-

lierten Absatzmarkt für die Waren zu haben, die in den Großbetrieben in Frankreich hergestellt wurden, und zweitens um riesige Gewinne zu erzielen, die in Frankreich wegen der dort organisierten Arbeiterschaft nicht möglich waren. Es kommt hinzu, dass man die Voraussetzungen für die wirtschaftliche Ausbeutung des Landes den französischen und marokkanischen Steuerzahlern aufbürden konnte. Über die Hälfte des Eisenbahnnetzes in Marokko wurde ausschließlich für die Beförderung von Waren und Bodenschätzen gebaut. Von den auf Lastwagen und Bahnen beförderten Waren entfällt höchstens ein Fünftel direkt auf Marokkaner. Nur ein Zehntel der Kraftfahrzeuge im Land gehören Einheimischen. Was glauben Sie, was der Schneider-Konzern allein an der Ausrüstung der Häfen von Casa und Safi verdiente? Von den Gewinnen des Schneider-Konzerns durch die Compagnie Marocaine und andere Tochterfirmen wollen wir gar nicht reden. Schenk ein, Nicole"!

„Gewiss wurde dabei verdient, Doktor. Aber es war ja zum Vorteil des Landes. Heute ist Marokko eines der am stärksten industrialisierten Länder Afrikas. Das wäre es nicht ohne uns Franzosen. Und ist es so schlimm, dass wir dafür sorgten, dass wir die Geschäfte machten? Ihr Engländer habt es in euren Kolonien doch auch nicht anders gemacht. Oder wollen Sie behaupten, Doktor, dass Ihr Marokko unterworfen hättet um den Typen hier zu helfen?"

„Euch hat die Kolonialisierung Marokkos fast dreißigtausend Legionäre gekostet. Und das englische Volk musste auch ganz schön bluten bis es sein Weltreich hatte. Aber diese Menschen starben doch ausschließlich für den Profit des Großkapitals. Was hatte denn der Arbeiter in England oder Frankreich oder Belgien davon, wenn seinem Land diese oder jene Kolonie gehörte? Nichts, es sei denn er ging dorthin und half bei der Ausbeutung mit. Aber daheim musste er Steuern zahlen, dass man die Kolonien ausbeuten konnte, dass man dort Straßen baute um an die Bodenschätze zu kommen, dass man dort Häfen baute, damit man das Land erschließen konnte, dass man dort Truppen unterhielt, welche die Ordnung aufrecht hielten. Verstehen Sie

115

doch, Yvert, es ging dabei um das ganz große Verdienen. Sie und ich und Horvath und Nicole sind dabei nur winzige Rädchen, die man daran schnuppern lässt und denen man weißmacht, dass die Sache des Großkapitals auch die ihre sei. Schenk nochmals ein, Nicole, so langsam bin ich am Ende."

Da schaltet sich Horvath ein der bisher nur zugehört hatte: „Der Doktor hat in gewisser Hinsicht schon recht, Paul. Euch macht man glauben, was Ihr Franzosen hier aufgebaut habt, das sei Eure Leistung zu Nutzen des marokkanischen Volkes. Aber man verschweigt Euch, wer welche Gewinne dadurch erzielt hat und dass das nur geschaffen wurde um diese Gewinne zu erzielen. Von der Stromerzeugung habe ich durch meine kurze Tätigkeit bei der Energie Electrique einige Zahlen im Kopf. Wie ich hierher kam wurde ungefähr eine Milliarde Kilowatt im Jahr im Land erzeugt. Aber höchstens fünfzehn Prozent davon wurden von Marokkanern, ob privat oder in einheimischen Betrieben, verbraucht. Die Kosten der Anlagen für einen Eigenbedarf in dieser Höhe verkraftet auch ein rückständiges Land. So ist es doch, Doktor?"

Er wendet sich an Adsehead, aber der war inzwischen über die Theke gelehnt, eingeschlafen. Horvath will ihn wecken, doch Yvert hält ihn zurück: „Lass ihn bis wir ausgetrunken haben, dann bringen wir ihn heim. Es ist nur gut, dass er mit seiner Einstellung allein im Land ist, sonst könnten wir Europäer unserer Koffer gleich packen."

Auf der Wasserstation in Et Tnine ist seit acht Jahren René Stoecklin und in diesen acht Jahren hat er aus einem trostlosen Garten um das eingeschossige Gebäude ein grünes Paradies gemacht. Seine ganze Freizeit hängt der menschenscheue Stoecklin an diesen Garten, mit Liebe und Hingebung kümmert er sich selbst um das unscheinbarste Pflänzlein.

Tritt man durch das Tor in der hohen, braunen Lehmmauer auf den gepflegten Kies-
weg im Garten, dann ist das weißgetünchte Haus mit den blauen Fensterläden ver-
steckt hinter Mandel-, Pfirsich- und Aprikosenbäumchen. Unter diesen Bäumchen ist
ein gepflegter Rasen, den René Stoecklin selbst jede Woche mit einer Heckenschere
schneidet. An dem Weg entlang sind auf beiden Seiten Rabatte mit immer blühenden
Geranien und weißen Rosen. Zu beiden Seiten des Hauses, hinter blühenden Rho-
dodendronbüschen verborgen, hat René Stoecklin Gemüse und Gewürze für seinen
Bedarf angepflanzt.

Der rückwärtige Teil des Gartens ist ausgesprochen exotisch gestaltet. Der Rasen unter dem mächtigen Eukalyptusbaum ist genauso gepflegt wie auf der Vorderseite des
Hauses und geht unter die Orangen- und Pampelmusenhecken bis zu den Feigenka-
teen und den immer blühenden lila Bougainvillea an der Lehmmauer. Doch da stehen
noch ein paar Bananenstauden neben einer großen Bambushecke, dort steht ein Rizi-
nusbaum mit seinen stachligen Früchten bei einer Gruppe blühender Forsythien und
in der Gartenecke ragen auf schlanken Stämmen hoch über den Orangenhecken die
buschigen Kronen von drei Dattelpalmen in den immer blauen Himmel.

In diesem Paradies ist seit vorgestern Franz Koller und hat während der nächsten vier
Wochen René Stoecklin zu vertreten. Es wird eine angenehme Zeit werden, viel Arbeit gibt es hier in der Regel nicht, nur die Pumpen müssen immer laufen, denn Irahi
braucht das Wasser aus Et Tnine. Ja, wirklich angenehm ist es hier und Franz Koller
kann verstehen, dass dieser René Stoecklin nicht nach Irahi will.

Koller hat sich auf dem Rasen hinter dem Haus niedergelassen und genießt die neue
Umgebung. Herrlich ist diese Luft, dieses Gemisch der starken Düfte die all die
Pflanzen hier ausstrahlen. Wunderbar ist der nie verstummende Gesang der vielen
Vögel und das Summen der Insekten. Welch ein Kontrast zu der trostlosen Einöde
in Irahi.

Im Garten in Et Tnine

Direkt über Kollers Kopf hängt eine reife Orange. Er greift nach ihr, pflückt und isst sie. Dann sucht er unter dem Liegestuhl nach der Zeitung. Seine Hand fährt durch das Gras. Ein Stich in den Zeigefinger lässt Franz hochfahren. Das war ein Skorpion, Franz Koller kennt die Art des Stiches. Er rückt den Stuhl zur Seite und sieht wie ein mittelgroßes schwarzes Tier unter eine heruntergefallene Orange kriecht. „Mistvieh, elendiges! Aber mir entwischt net. So ein wie di such i scho lang."

Koller holt in der Küche ein leeres Marmeladenglas mit Deckel, geht zum Skorpion zurück. Der Schwanz mit dem Stachel schaut noch unter der Orange hervor. Blitzschnell stößt sie Koller zur Seite und schiebt mit dem Deckel das Spinnentier ins Glas. Mit einem Nagel klopft er ein Loch in den Deckel und schraubt ihn auf. „A schöner Kerl bist, gfallst mr direkt. Warum hast auch den Koller Franz gstupft? Jetzt kommst derfür in Spiritus in mei Sammlung."

Koller stellt das Glas auf den Kühlschrank in der Küche. Dann geht er zum Arzneikasten. Spritze und Nadel findet er, aber sie sind schmutzig. „Es is wenigstens da, also koch mr's aus."
Auch drei Ampullen mit Gegengift für Skorpionstiche findet er. Bis das Wasser kocht sortiert er die anderen Ampullen. Sie sind gegen Schlangenbisse. Gegen Hornviperbisse ist eine Menge Serum da, während er nur eines gegen Sandviperbisse findet. „Und net a einzige Ampulle für die Kobra, des is ja direkt sträflich. Und heut früh erst wär i beinah einer auf den Schwanz tretn. Des derf i ja net vergessn wann i wiedr nach Irahi komm."

Franz spritzt sich das Serum, legt sich wieder in den Liegestuhl und liest die Zeitung.

Dreißig Kilometer beträgt die Luftlinie von Irahi nach Bu Gümmes, aber die Piste ist achtundsechzig Kilometer lang und man benötigt für diese Strecke auch im Landrover fast zwei Stunden. Besonders die zwanzig Kilometer von Sidi Lahsen ins Draa-Tal haben es in sich. Hier geht die Piste entlang der Wasserleitung und hatte eigentlich nur den Zweck, dass man Störungen in der Leitung absuchen konnte. Seit einem Jahr wird jedoch in Bu Gümmes gearbeitet, Lastwagen der Firma transportieren Material dorthin und bringen Kobalterz nach Irahi. Man räumte wohl die größeren Steine von der Piste, aber besser wurde sie infolge des stärkeren Befahrens nicht.

Weil man in Rabat die Firma drängte, mehr Arbeitsplätze zu schaffen und weil das Kobalt wirklich gut ist, soll nun Bu Gümmes ausgebaut werden. Gewiss, viel Kapital wird der Konzern nicht investieren, aber der Ausbau von Bu Gümmes ist vorzüglich geeignet, dafür Gelder zu buchen die sonst versteuert werden müssten. Nun soll eine direkte Piste von Bu Gümmes nach Sidi Lahsen gebaut werden die den Weg um zwanzig Kilometer verkürzt und die Belastung schwerer Transporte aushält. Obwohl außer der Firma kein Mensch an dieser Piste interessiert ist, gibt der Staat hierfür einen so ansehnlichen Zuschuss, dass sich für den Konzern sein Kostenanteil bereits in einem halben Jahr amortisiert hat. Dann soll Bu Gümmes an die Wasserleitung Tissergate/Sidi Lahsen angeschlossen werden, denn in Bu Gümmes ist das Wasser knapp. Jeden zweiten Tag bringt eine Kamelkarawane zweitausend Liter aus dem Draa-Tal, aber dieses Wasser wird vor allem in der Mine zum Bohren gebraucht. Gelegentlich kommt es vor, dass der Transport einen oder zwei Tage zu spät eintrifft, dann lechzt Bu Gümmers nach Wasser. Maurice Barre, der Chef der Mine dreht dann einfach die Leitungen in die Unterkünfte ab und es kommt vor, dass dann sogar in der Mine ohne Wasser weitergearbeitet werden muss. Als dagegen einmal Mutscho, der Betriebsrat protestierte und Barre unter die Nase hielt wie unstatthaft das sei wegen der Verstaubung der Lungen, da packte ihn Barre, ein wohl kleiner, aber bulliger Dreißiger am Kragen und beförderte ihn aus seinem Büro. „Mit dem nächsten Auto fährst Du nach Irahi und lässt Dir vom Patron Deine Papiere geben. Dann kannst Du hingehen wo es genügend Wasser hat," hatte ihm Barre nachgerufen. Seither getraute sich kein Marokkaner mehr etwas zu sagen wenn er einmal eine Schicht ohne Wasser zu arbeiten hatte.

So ist Bu Gümmes in jeder Hinsicht ein Provisorium. Zwei Häuser sind erstellt, Fertighäuser, von denen sich eines Barre und Alves teilen, die beiden einzigen Europäer in Bu Gümmes. Das zweite Haus dient als Unterkunft für die Gäste, Europäer aus Irahi die einige Tage hier zu arbeiten haben. Die mitankommenden marokkanischen Handlanger werden in einen Verschlag in der Baracke gelegt, in dem das Lager und Barres Büro ist. Ein weiterer Büroraum dort ist für die Gäste reserviert und dann hat Mohamed darin noch ein kleines Gemach, der sowohl Buchhalter wie Lagerverwalter in Bu Gümmes ist. Die vierzig marokkanischen Arbeiter hausen in Hütten, die sie sich selbst aus Steinen errichtet haben. Nur wenig Frauen, meist Dirnen, sind hier, doch sie sind gut aufgenommen und finden sofort wieder eine Unterkunft wenn sie von ihrem seitherigen Herrn davongejagt werden.

Im Gästehaus in Bu Gümmes schläft Julio Mancioli tief und lässt gelegentlich zaghafte Schnarchtöne von sich hören. Karl Wieser neben ihm im französischen Doppelbett wälzt sich dagegen schlaflos von einer Seite zur andern. Er kann und kann nicht einschlafen, obwohl er wirklich müde ist. Aber die Hitze quält ihn. Es dürfte immer noch fast vierzig Grad Celsius im Zimmer haben. Außerdem ist das Gitter am Fenster so zerrissen, dass es im Raum von Moskitos wimmelt, von denen eine ganze Anzahl, vom Schweiß angezogen, singend um Karls Gesicht kreisen.

Als Karl und Julio heute Abend in das Zimmer kamen, da scheuchte das Licht eine Menge schwarzer Schwabenkäfer unter Bett und Schrank. Julio erlegte eine Tarantel, die sich auf der Bettdecke niedergelassen hatte. Zwei Geckos jagten an den Wänden nach Moskitos. „Die zwei dürfen gerne hierbleiben, sie befreien uns nur von den lästigen Fliegen. Wenn Ihnen heute Nacht etwas aufs Bett plumpst, dann ist es einer der beiden. Schütteln Sie ihn halt vom Laken, er tut nichts. Aber ich will schauen ob wir nicht doch eine Tarantel hier haben, das wäre ein unangenehmer Schlafgefährte," klärte Mancioli Karl Wieser auf. Und wirklich, auf der Rückseite des Schrankes entdeckten Sie ein Prachtexemplar dieser Spinnentiere. Die Jagd begann, doch das Tier war sehr flink. Einmal war Karl nahe daran es zu zertreten, doch Julio hielt ihn zurück: „Nicht treten, wenn Sie es nicht richtig erwischen, dann kriecht es Ihnen im Hosenbein hoch. Ich möchte dann nicht Ihr Bein haben. Sie müssen die Sandale in die Hand nehmen und damit draufklopfen."

Schließlich erlegte Julio das Tier. Es war alt und mit ausgestreckten Beinen fast so groß wie ein Suppenteller.
„Hier in Bu Gümmes muss man in der warmen Jahreszeit mit solchem Viehzeug rechnen. Ich schaue dass ich immer so schnell wie möglich wieder nach Irahi zurückkomme."
„Wie lange wird es dauern bis die neue Stromleitung steht, Monsieur Mancioli?"
„Ich könnte in zwei Wochen fertig sein wenn ich das Material hätte. Aber von meiner Bestellung fehlt ja immer die Hälfte und dann muss ich nachbestellen. Da gibt es wochenlangen Leerlauf. Wie lange werden Sie hier sein, Monsieur Wieser?"
„Wenn ich es in einer Woche schaffe bin ich froh."
„Dann ziehen Sie doch ins andere Zimmer, das ist besser. Monsieur Blanc fährt morgen zurück. Morgen kommt auch wieder Bier. Ich habe zwei Kisten bestellt und stelle sie in den Kühlschrank. Nehmen Sie davon was Sie wollen."

Mancioli hatte dann noch zwei Flaschen Bier geholt und davon Karl eine gegeben. Im Nu war sie leer, denn Karl hatte einiges nachzuholen. Acht Liter Flüssigkeit nahm er sonst täglich bei dieser trockenen Hitze, heute war er jedoch höchstens auf die Hälfte gekommen, denn wieder einmal war der Wassertransport ausgeblieben.

Nun ist es bald Mitternacht und Karl Wieser wälzt sich schlaflos auf seinem Bett. Sobald er nur drei Minuten still liegt klebt das Leintuch an ihm. „Verfluchtes Bu Gümmes! Elende Hitze! Elendes Drecksnest!" immer wieder murmelt er diese Sätze vor sich hin. Dann steht er auf und holt aus dem Kühlschrank eine Flasche Bier.

Ja, heute war er im 2CV hierher gezottelt. Fast vier Stunden hatte er dazu gebraucht. So reichte es vor dem Essen nur noch zu einer Besprechung. Das Essen selbst war über alle Erwartung gut. Die Europäer speisten gemeinsam in der Diele von Barres Haus. Ahmed bekam seinen Platz in der Küche beim Koch. Nach der Siesta waren Wieser und Barre die sieben Kilometer lange Trasse für die Wasserleitung und die neue Piste abgefahren, hatten immer wieder angehalten, um sich über den günstigsten Verlauf zu unterhalten und um Zwischenpunkte anzugeben, an denen Ahmed Steinpyramiden errichtete und mit weißer Kalkfarbe bepinselte. Es hatte wohl fünfzig Grad im Schatten und alle drei waren froh als sie nach vier Stunden Aufenthalt im Gelände wieder nach Bu Gümmes zurückkamen. Doch da war kein Waser da, und so blieben für Durst nur Bier und Wein. Ahmed trank nichts davon. Allah hatte es ihm ja verboten, er ging ins Dorf und hoffte dort irgendwo Minztee zu bekommen. Auch Waschen konnte man sich nicht, an eine Dusche war überhaupt nicht zu denken und so klebte vom Schweiß alles am Leib.

„Hätte ich dieses Bu Gümmes nie gesehen! Daheim in Irahi könnte ich jetzt eine Dusche nehmen, dann würde ich gleich schlafen," brummt Karl Wieser vor sich hin. Dann holt er noch eine Flasche Bier aus dem Kühlschrank, trinkt sie aus und findet dann endlich doch den Schlaf.

Die Bettlerin mit dem schlafenden Kind auf dem Schoss, die neben dem Eingang zum königlich marokkanischen Automobilclub in Casa sitzt, schaut verwundert zu dem Sidi auf, der ihr mit freudestrahlendem Gesicht eben zweihundert Francs in die Hand fallen ließ. Der Schalterbeamte auf der Hauptpost blickt ebenso verwundert diesen Sidi an, der ihm das Rückgeld von fast zweihundert Francs für ein Telegramm nach Deutschland ebenso freudestrahlend zuschiebt.

Und wirklich hält sich Karl Wieser heute für den glücklichsten Menschen der Welt, denn genau vor einer Stunde hat Inge ein kräftiges, gesundes Mädchen geboren und Inge selbst geht es auch gut. Vergessen ist die Aufregung, die seine Beurlaubung mit sich zog, den René Blanc wollte ihn noch zwei Tage in Irahi halten und gab erst nach, als er Karls Entschlossenheit sah, auch ohne Genehmigung zu fahren. Und es war auch wirklich höchste Zeit gewesen, gestern früh waren sie noch in Irahi, doch schon zwischen Marrakesch und Casa stellten sich bei Inge die ersten Wehen ein. So fuhren sie zuerst zur Klinik, suchten für Inge ein Zimmer aus bis der Arzt kam, der Inge untersuchte und feststellte, dass es schon noch etwas Zeit hätte, Wieser solle sich nun mal nach seinem Quartier um sehen und nach dem Abendessen sollte dann Inge kommen.

Nun gingen Inge und Karl zu Kollers Frau. Doch sobald Marcelline erfahren hatte, wie weit es bei Inge schon war, war sie nicht mehr zu halten. Ununterbrechbar redete sie auf die beiden ein, welche Schweinerei es von der Firma sei die Leute praktisch bis zur letzten Minute zu halten und dass das schon immer so gewesen sei, auch bei ihr selbst. Es folgte eine ausführliche Schilderung all der Umstände unter denen sie damals selbst entbunden hatte und wie es bei dieser und jener Frau gewesen sei. Dann kam Marcelline Koller auf ihren Mann zu sprechen. Sie würde ihn immer noch lieben, er sei ja so anständig und hätte immer für die Familie gesorgt. Aber sie hätte eben das Leben in Irahi nicht ausgehalten. Sie sei doch noch so jung gewesen und hätte ausgehen wollen und nicht in solch einem Drecknest leben. Zuerst seien sie in

Bu Seraul gewesen, außer ihr seien dort nur zwei alte Weiber gewesen und Franz hätte nur seine Arbeit gekannt, hätte oft zwölf und mehr Stunden am Tag gearbeitet und sei dann abends todmüde gewesen. Auch als sie dann in Irahi gewesen seien hätte Franz nur seine Arbeit gehabt. Aber es sei doch ein Fehler von ihr gewesen, dass sie geglaubt hätte, in Casa sei es für sie besser. Wenn Franz nur wolle, würde sie gleich wieder zu ihm nach Irahi gehen. Wiesers wären doch seine Freunde, sie sollten doch mit ihm reden, dass er sie wieder aufnähme.

Es war ein Wasserfall an Worten, der auf Inge und Karl in dieser kurzen Zeit niederprasselte und als eine kleine Atempause eintrat, die Marcelline Koller vor dem nächsten zu erwartenden Thema einlegte, verabschiedeten sich die beiden Deutschen unter dem Vorwand, dass Inge nun zur Klinik müsse. Doch sie gingen in die Stadt und aßen noch, allerdings ohne sonderlichen Appetit.

Obwohl es nun Mittagszeit ist verspürt Karl Wieser noch keinen Appetit. So schlendert er durch das Zentrum von Casa, die Avenue Hassan II entlang und ist so voll Freude, dass er am liebsten jedem Passanten zugerufen hätte, dass er eben Vater einer Tochter geworden ist. Doch er findet niemanden den das interessiert hätte, auch hätte kein Marokkaner seine Freude verstehen können, galt doch unter ihnen die Geburt einer Tochter keineswegs als freudiges Ereignis. Am Place Mohammed V biegt Karl Wieser in den Boulevard Mohammed V. Die eleganten Geschäfte in den modernen Hochhäusern interessieren ihn heute nicht.

Er setzt sich an ein Tischen auf dem Gehweg vor einem Restaurant, bestellt ein Bier, betrachtet das Treiben auf dem Boulevard, kauft sich eine Zeitung obwohl er sie kaum lesen kann, lässt sich dreimal seine Sandalen putzen und ist sehr großzügig mit dem Geben von Trinkgeldern.

Casablanca

Eine jener marokkanischen Dirnen spaziert vorbei, tief, jedoch so durchsichtig verschleiert, dass man das schön geschnittene Gesicht, die vollen Lippen und die blendend weißen Zähne ahnt. Wie fast alle, die hier im Zentrum diesen Beruf ausüben, ist sie sehr sauber gekleidet. Der makellos saubere Dschellaba reicht bis zu den Knöcheln, doch sind die Seitenschlitze bis übers Knie hochgezogen und zeigen einen blütenweißen Spitzenunterrock und wohlgeformte Beine, die in modischen Pumps stecken. Mit ihren tiefschwarzen Augen zwinkert die Fatima im Vorbeigehen Karl Wieser zu, schaut nach hundert Metern nach ihm um, geht einige Schritte weiter, wendet. Nochmals zwinkern diese pechschwarzen Augen herausfordernd. Nach fünfzig Metern wendet die Fatima nochmals und schwänzelt blinzelnd an Karl Wieser vorbei. Der erhebt sich und geht nun in die entgegengesetzte Richtung. Doch es dauert nicht lange bis sein nackter Arm von hinten gestreift wird. Ein starker Duft eines billigen Parfums steigt hoch und die schwarzen Augen blicken ihn nun von ganz nahe an, schwermütig und gleichzeitig herausfordernd.

„Komm mit, Monsieur."
„Kein Interesse, lass mich."
Die Marokkanerin verschwindet. Karl biegt in eine Seitenstraße ein. An der Ecke zwinkern ihm gleich zwei ebenso schwarze Augenpaare aus ebenso verschleierten Gesichtern zu.

Und das soll man mit nüchternem Magen vertragen, denkt sich Karl Wieser und nimmt den nächsten Weg ins ‚Poule au pot' um dort Mittag zu essen.

Dick Mac Lean, einer der drei Amerikaner die in Tarasut für Carol Horvath die Tiefenbohrungen machen, steht im Popote und wird von den wenigen Europäern umringt die noch in Irahi sind.

"Gehe ich hinaus auf den Balkon und schlüpfe in den rechten Gummistiefel, die stehen immer dort, dann in den linken. Aber ich bin mit dem Fuß noch nicht richtig drin, da beißt mich doch schon etwas in die große Zehe. Ich ziehe mein Bein wieder heraus und da hängt doch so eine fünfzig Zentimeter lange Hornviper dran. Ich schüttle, aber die Viper lässt nicht los. Ich schlage gegen die Mauer, doch das Vieh hält fest. Ich fluche. Da ruft Georges, der neben mir wohnt und seine Balkontüre auf hatte, ich soll keinen solchen Krach machen, er mache jetzt Siesta. Ich habe dann zu ihm hinübergerufen, er soll mit einem Hammer oder etwas ähnlichem kommen, mir hinge eine Hornviper am großen Zeh und würde nicht loslassen. Georges brachte dann eine Zange und wir drückten der Viper den Hals ab. Wir mussten dann das Maul aufbrechen, so hatte sich das Vieh festgebissen."

"So etwas habe ich noch nicht gesehen wie die Schlange da an der Zehe von Dick hing und sich festgebissen hatte. Es war gar nicht leicht ihr Maul aufzubrechen. Zum Glück war Gonzalo in der Ambulanz und konnte gleich eine Spritze geben."

„Wie fühlst Du Dich jetzt, Dick?"

„Ach soweit ganz gut, die Haut spannt mir halt am ganzen Leib."

„Man sieht es an Deinem Gesicht, es ist geschwollen."

„Das ist in ein paar Tagen vorbei."

„Da hätte nicht mehr viel gefehlt und Du hättest nie mehr erfahren ob es einen Sinn hatte hier zu bohren."

„Ist mir auch völlig gleich. Ich hol die Karotten aus der Tiefe die man mir angibt, aus was für Material sie sich zusammensetzen kümmert mich nicht. Aber Euer Alter ist schon eine komische Gurke. Er glaubt wohl man braucht nur das Ohr auf den Boden zu legen, dann hört man ob Erz unten ist. Von moderner Lagersuche hat er keine Ahnung."

„Der Patron ist gegen Eure Arbeit weil Horvath sie gegen ihn durchgesetzt hat. Nun geht es ums Prestige, denn die beiden sind sowieso über Kreuz."

Die Türe des Popote öffnet sich und Fatima, Lahsen ben Muluds junge Frau tritt ein, geht direkt auf ihren Mann zu, der auch an der Theke steht und bereits die vierte Flasche Bier trinkt. Er ist einer der wenigen Marokkaner, die regelmäßig in den Popote kommen um dort Bier zu trinken. Stärkere Getränke dürfen an Marokkaner sowieso nicht ausgeschenkt werden.

Zwischen Fatima und Lahsen beginnt im Dialekt der Schlöh ein Dialog, der immer heftiger wird. Plötzlich holt Fatima aus und versetzt Lahsen eine schallende Ohrfeige. Dann verschwindet sie ohne Gruß. Wie ein begossener Pudel bezahlt Lahsen seine Zeche und geht ebenfalls.

Im Popote ist es still dass man eine Stecknadel hätte fallen hören. Als erster fängt sich Georges Cyriakos: „Jetzt bin ich dreißig Jahre in Marokko. Aber etwas Ähnliches habe ich noch nie gehört, viel weniger gesehen! Das ist die erste Fatima die hier öffentlich für ihre Gleichberechtigung demonstriert hat."

Immer wenn Armand Becker vom Urlaub zurückkehrt geht er am Abend in den Popote. Und je nachdem er mit dem Urlaub zufrieden war, ist seine Laune und seine Spendierfreudigkeit an diesem Abend. Dazu fühlt er sich verpflichtet, will er sich doch wenigstens von den Europäern hier als leutseliger und kollegialer Chef angesehen werden.

Natürlich ist an diesem Abend im Popote mehr Betrieb als sonst und natürlich steht Armand Becker im Mittelpunkt der Gesellschaft. Jeden fragt er nach Urlaub und Wohlergehen der Familie und erzählt selbst davon. Wie üblich war er auch dieses

Jahr wieder in Nizza. Doch er hatte in diesem Urlaub zum ersten Mal mit Grundstücken gehandelt. „Leute, das ist ein Geschäft! Ob ihr es glaubt oder nicht, ich habe in diesem Urlaub mehr verdient wie hier in einem halben Jahr."

Neben Armand Becker steht Dr. John Adshead, dessen Augen bereits vom doppelt genommenen Whiskey glänzen. „Zu was brauchen Sie denn das Geld, Monsieur Becker? Sie haben doch für Ihr Alter genug und für Ihre Tochter sei auch gesorgt, sagen Sie doch. Nicole, noch einen Doppelten."
„Vielleicht will ich es mir einmal an einem Tag in Form von Whisky durch die Kehle jagen, Doktor. Das wäre doch was für Sie, oder nicht?"
„Dazu wären Sie ja gar nicht in der Lage, Monsieur. Sie sehen im Geld nicht ein Konsumtionsmittel, was eigentlich Sinn und Zweck des Geldes sein sollte. Sie sehen im Geld ein Mittel zur Macht. Sie wollen mit Ihrem Geld Macht ausüben und Sie wollen viel Geld damit Sie viel Macht ausüben können."

Im Popote ist es still geworden. Jeder hier kennt den Arzt und dessen Zunge, wenn sie vom Alkohol gelöst ist. Und jeder freut sich wenn Adshead sich dann mit jemandem anlegt. Niemand nimmt ihm das Übel, auch wenn man es selbst ist, man betrachtet es von der unterhaltenden Seite. So lächelt auch Armand Becker, er klopft den Doktor auf die Schulter:
„Trinken wir einen. Schenk uns ein, Nicole."
„Hier stehen noch mehr die Durst haben, Monsieur."
„Also dann, eine Runde für alle. Ihr Wohl, Doktor. Natürlich will ich das Geld nicht zum Ausgeben. Ohne Geld ist man abhängig. Wer will das schon sein? Habe ich Geld, dann habe ich auch dienstbare Geister. Ich kann sie für mich arbeiten lassen, daran verdient man am meisten. Was ist schlecht daran, Doktor? Auf dieses System ist unsere Welt aufgebaut."
„Ich zahle zwei Runden für alle, Nicole. Niemand soll sagen können, dass Adshead geiziger ist als der Patron. Und nun zum Thema, zu diesem System, auf das die Welt

aufgebaut ist. Immer mehr Besitz, immer mehr Macht! Für dieses Idol werden Kriege geführt, wird gemordet, gequält, geraubt, betrogen, werden Menschen unterdrückt, friedlichen Menschen bringt man Hunger und Elend! Und dass diese göttliche Ordnung sich nur ja nicht ändert, dafür gibt es Staaten und Regierungen, die dieses Treiben legal machen, die nötigen Gesetze erlassen und durchführen, den Menschen einhämmern mit ihren Propagandamöglichkeiten wie erstrebenswert Besitz ist. Das wird so gut gemacht, dass es die Masse glaubt und mitmacht. Ihr merkt ja nicht wie man euch missbraucht und wie abhängig ihr seid, alle hier, auch Sie, Monsieur Becker."

Adshead leert sein Glas in einem Zug und bestellt nach. Lächelnd wendet sich Charles Lucas an Becker: „Jetzt wird unser Doktor gleich zur Weltrevolution aufrufen. Wenn wir dadurch von unseren Frauen unabhängig werden und etwas Knuspriges ins Bett bekommen, wäre ich sogar dabei."

Idder steht vor dem großen Schreibtisch hinter dem Armand Becker sitzt. „Muss ich Dir noch einmal sagen, dass die Arbeitsleistung so schlecht ist dass ich keinen zweiten Arbeitsanzug geben kann, Idder."
„Aber Monsieur Becker, alle andern Minen in Marokko geben im Jahr zwei Arbeitsanzüge aus, nur Irahi nicht. Und Monsieur Delzers war auch nicht dagegen, er hat gesagt, dass es an Dir liege."
„Wir haben kein Geld dafür. Arbeitet mehr damit die Produktion steigt, dann kommt mehr Geld nach Irahi. Und damit Schluss!"

„Monsieur Becker, wir Arbeiter wollen aber einen zweiten Anzug. Oder mehr Lohn. Seit drei Jahren gab es keine Lohnerhöhung mehr und alles ist viel teurer geworden. Bei uns geht die Geduld einmal zu Ende."

„Idder, auch meine Geduld geht zu Ende. Ich habe Dir gesagt, dass ihr mehr arbeiten sollt. Wenn Du es wagen solltest, die Typen hier aufzuwiegeln, dann lasse ich Dich von der Gendarmerie aus Irahi befördern und Du wirst dann nie mehr hierher können."

„Ich wiegele niemanden auf, Monsieur, ich sage Dir nur was die Typen zu mir sagen."

„Och, glaubst Du vielleicht ich wüsste nicht wie Du in den Werkstätten und im Dorf redest? Jedes Wort weiß ich, lass Dir das gesagt sein. Und nun verschwinde, ich habe zu arbeiten."

Idder geht hinaus. Dafür tritt Carol Horvath in das Zimmer.

„Guten Tag, Monsieur Becker, wie geht es?"

„Wie geht's Monsieur Horvath? Was führt Sie zu mir""

„Ich brauche unbedingt einen Landrover, Monsieur. Im 2CV komme ich nicht zum Ued Rhesdis, ich habe schon gleich nach dem Unfall gebeten, dass Sie einen neuen bestellen. Da brauchte doch nicht erst Koller gefragt werden, da sah jeder, dass dem Wagen keine Reparatur mehr hilft. Jetzt sind zehn Tage verloren und Sie wissen wie Monsieur Surand mich drängt mit der Arbeit."

„Monsieur Surand weiß, dass Ihr Landrover im Eimer ist und er weiß auch, dass jetzt kein Geld da ist für einen neuen."

„Monsieur Surand weiß so gut wie Sie und ich, dass ich einen Landrover brauche. Ich kann nicht mit dem 2CV ins Gelände fahren."

„Warum sollten Sie das nicht können, Monsieur Horvath? Wir sind früher geritten und hatten dabei gute Arbeit geleistet. Ich kann Ihnen nur sagen, dass vorerst kein Geld da ist für einen neuen Landrover."

„Dann werde ich solange jede Arbeit ablehnen die weiter als ein Kilometer von einer ordentlichen Piste zu machen ist, Monsieur Becker. Und Ued Rhesdis liegt mehr als zwanzig Kilometer abseits der Piste."

„Das müssen Sie vor Monsieur Surand vertreten, für ihn ist die Arbeit, nicht für mich. Aber wenn Sie nicht nach Ued Rhesdis können, dann haben Sie ja Zeit sich mehr um Ihre Bohrung zu kümmern. Sie hat drei Wochen länger gedauert als Sie vorgesehen hatten. Das sind eine Million Francs mehr, Monsieur Horvath."

„Lag es an mir, dass die Bohrköpfe so lange fehlten. Lag es an mir, dass immer und immer wieder Material fehlte das in Casa abgesandt wurde und hier einfach nicht ankam? Bin ich für das Lager und den Transport verantwortlich?"

„Aber Sie Sind für die Bohrungen verantwortlich. Und wollen Sie vielleicht behaupten, dass Sie auch nicht verantwortlich sind für das Ergebnis? Was haben Sie gefunden, Monsieur Horvath? Einen fünfzig Zentimeter breiten Erzgang in sechzig Meter Tiefe. Das hat uns zehn Millionen gekostet."

„Gewiss, der Gang ist schmal, aber das Erz ist vorzüglich und nach der Struktur müsse der Gang nach unten breiter werden. Warten Sie das Resultat ab, Monsieur Becker, wir sind noch nicht in der vorgesehenen Tiefe."

„Sie haben doch nicht etwa im Sinn, da noch weitere Millionen hinein zu stecken? Ist diese erste Bohrung nicht genug Beweis dafür, dass Sie nicht Recht hatten? Ich hatte vor dem Experiment gewarnt. Nein, Monsieur Horvath, für die Bohrungen gibt es keinen Franc mehr. Ich habe vor einer Stunde nach Casa gemeldet, dass sie sofort einstellen würden weil kein Ergebnis erzielt wurde. Ich habe auch gesagt, dass Sie damit einverstanden wären."

„Das ist nicht wahr, Monsieur Becker! Wie konnten Sie das tun? Nicht einmal die erste Bohrung ist abgeschlossen. Wir müssen noch zwanzig Meter tiefer gehen, erst dann können wir endgültig sagen ob wir durch den Gang sind. Nein, Monsieur Becker, jetzt aufhören ist Unfug!"

„Ich mache keinen Unfug, Monsieur Horvath, merken Sie sich das! Ich habe von Monsieur Surand das Einverständnis die Bohrungen zu beenden. Sie sind durch den Gang, Sie haben nichts gefunden. Jegliches Weiterarbeiten ist hinausgeworfenes Geld."

„Und Monsieur Surand soll damit einverstanden sein? Ich werde morgen zu ihm fahren und ihm erklären was gefunden wurde."

133

„Sie werden ganz schön hier bleiben, Monsieur Horvath. Noch bin ich der Patron von Irahi."

„Das ist mir gleichgültig, Monsieur Becker. So lässt man eine angefangene Arbeit, die Millionen kostet, nicht hängen. Ich fahre morgen nach Casa."

„Dann ist das eine klare Arbeitsverweigerung und ich kann Sie entlassen."

„Drohen Sie mir damit?"

„Ja."

„Gut, dann kündige ich zum frühesten Termin. Ich kann sofort aufhören."

„Wie sie wollen, Monsieur Horvath. Geben Sie es mir aber schriftlich."

Der erste Gang in Marokko nach dem Urlaub führt Paul Yvert in das Büro des Generaldirektors.

„Ich glaube Ihnen gern, dass Sie mir aus Irahi nicht Neues berichten können, mein lieber Yvert. Aber ich kann Ihnen etwas erzählen. Durch den Wechsel des Ministers für Bergbau sind wir nun auf Jabbag allein nicht mehr angewiesen."

„Das hat sich der Konzern sicher einiges kosten lassen, Monsieur?"

Armand Surand lächelt. Wir haben nun auch ganz konkretes Beweismaterial gegen Becker. Wir können jederzeit gerichtlich gegen ihn vorgehen."

Es klopft an der Türe. Daussy, der die Radioverbindung mit den Minen unterhält, tritt ein. „Monsieur Surand, kommen Sie bitte ans Radio, Monsieur Becker möchte Sie sprechen."

„Ich komme gleich wieder, Monsieur Yvert, einen Augenblick bitte. Mal hören, was der alte Becker weiß."

Doch es dauert gut eine Viertelstunde bis Armand Surand wieder zurück ist. „Stellen Sie sich vor, Monsieur Yvert, Monsieur Horvath hat seine Kündigung eingereicht. Becker hat die Einstellung der Bohrungen angeordnet. Gewiss, ich war dafür weil er sagte dass auch Horvath es wünsche. Das kam vor fünf Stunden durch.

Wir haben den Vertrag mit den Amerikanern sofort gekündigt, telegrafisch. Jeder Tag, jede Stunde kostet uns Geld. Nun wusste aber Horvath gar nichts davon und verlangt, dass wenigstens die erste Bohrung zu Ende geführt wird. Ich denke, dass sich das machen lässt, doch die Amerikaner sitzen am längeren Hebel, uns wird das einiges kosten. Horvath ist jedoch fest entschlossen zu gehen, mit Becker wird er nicht mehr zusammen arbeiten. Horvath kann am Letzten des Jahres gehen, ich werde jedoch versuchen ihn zu halten. Ich würde ihn sehr gerne behalten. Reden Sie ihm doch auch zu, Yvert, Sie sind doch mit ihm befreundet."

„Nun ist es also doch soweit gekommen! Es überrascht mich nicht und ich glaube auch nicht, dass ich Horvath noch umstimmen kann. Wenn er sich etwas in den Kopf gesetzt hat dann hält er daran fest. Es ist sehr schade wenn er geht, nicht nur von der Arbeit her. Was Becker hier trieb ist eine Schweinerei."

„Gewiss, aber was machen wir nun. Rufen wir mal Turin." Surand greift zum Telefon und wählt die Nummer des Personalchefs. „Hier Surand. Monsieur Turin, eben hat Monsieur Horvath gekündigt. Bringen Sie doch gleich alle Unterlagen von Bewerben für die Geologenstelle. Nein, die Bewerbungen von Marokkanern brauchen Sie nicht mitbringen."

In Irahi sitzen sich in Beckers Büro Armand Surand und Armand Becker gegenüber. Es ist bereits ihr zweites Gespräch unter vier Augen an diesem Vormittag. Armand Becker ist misstrauisch, denn der Generaldirektor spricht heute außergewöhnlich vorsichtig mit ihm und wer Armand Surand kennt weiß, dass er auf diese Art heiße Eisen anpackt. Und der Patron von Irahi spürt zudem instinktiv, dass es diesmal ihn betrifft, doch ist es ihm noch nicht klar in welche Richtung Surand zielt. So hält sich auch Becker zurück, seine Antworten sind knapp und so gewählt, dass sie Surand eine Äußerung entlocken sollen aus der er dessen Absichten erraten könnte. Doch das gelang Becker bis jetzt noch nicht und so konnte er sich noch nicht auf den Angriff vorbereiten.

„Ja, Monsieur Becker, ich habe nun mit Monsieur Horvath gesprochen, konnte ihn aber trotz eines sehr großzügigen Angebots nicht mehr umstimmen. Er wird Ende Dezember ausscheiden. Monsieur Horvath ist ein sehr guter Geologe und die Steigerung der Produktion in den Minen hier ist nicht zuletzt sein Verdienst. Auch in Paris weiß man seine Arbeit zu schätzen und Monsieur Delzers bedauert sehr, dass es soweit gekommen ist. Von ihm habe ich nun den Auftrag, Ihnen Monsieur Becker nahezulegen, ebenfalls baldmöglichst Ihre Kündigung einzureichen. Monsieur Delzers und mit ihm das Direktorium des Konzerns in Paris sind der Auffassung, dass die Leitung der Minen von Irahi nun einem Mann anvertraut werden müsste, der die neuzeitlichen Produktionsverfahren kennt und der vor allem gewissenhaft ist."

Damit hatte Armand Becker nicht gerechnet. Sein Gesicht wird um eine Nuance blasser, seine schmalen Lippen pressen sich zu einem Strich zusammen und die kleinen schwarzen Augen werden stechend. Surand spürt, wie in Armand Becker Hass aufsteigt und wie sich dieser Hass gegen ihn richtet.
„Will man mir jetzt wegen diesem Horvath die Schlinge zuziehen? Was ist dieser Horvath? Gerade vier Jahre ist er beim Konzern. Wie lange verdient Ihr schon an mir? Siebenundzwanzig Jahre. Und immer versuchte ich gut zu arbeiten. Für Euch! Was war Irahi als ich vor elf Jahren herkam? Seither haben wir die Produktion verdreifacht beim gleichen Personalstand. Ohne meine Mitwirkung wäre Irahi schon längst verstaatlicht. Aber was rede ich, Sie wissen das ja alles selbst. Und nun weist man mir die Türe. Nein, Monsieur Surand, so billig bringt man mich nicht los. Auch ich habe Trümpfe in der Hand die stechen."

Generaldirektor Surand kennt Becker durch all die Jahre und kennt auch dessen Verdienste. Becker ging immer rücksichtslos vor wenn es sich darum handelte, mehr Leistung aus den Untergebenen herauszuholen. Bei seinen Untergebenen hatte Becker bestimmt nie einen Freund. Becker tut ihm nun doch etwas leid, sei es auch nur weil er sich in dessen Lage versetzen kann. Surand denkt auch kurz an sich selbst, dass es vielleicht ihm einmal genauso ergehen könnte wie Becker, dass ihm einmal eines Tages ein Monsieur Delzers etwas ähnliches eröffnet wie er heute Becker. Doch Surand verscheucht diesen Gedanken, ihm passiert das nicht, dazu ist er zu clever. An all das denkt er solange Becker redet und als der eine kurze Pause macht, erwidert er sofort: „Ich kenn Ihre Verdienste, Monsieur Becker. Ich weiß aber auch die Beträge, ich weiß wieviel Material und Werkzeug durch Sie, na sagen wir einmal nicht seiner Bestimmung zugeführt wurde. Wir haben bis jetzt gerade wegen Ihrer Verdienste großzügig darüber hinweg gesehen, obwohl es sich dabei keineswegs um kleine Summen handelte. Es geht auch nicht um Monsieur Horvath. Den Ausschlag gab Ihre eigenmächtige Einstellung der Bohrungen. Nach Ihrer Durchsage hatten wir sofort den Vertrag mit den Amerikaner telegrafisch gekündigt. Wir müssen aber die beiden zusätzlichen Bohrungen noch durchführen. Im neuen Vertrag verlangen die Amerikaner nun zehn Millionen Francs mehr. Das geht eindeutig auf Ihr Konto, Monsieur Becker."

„Konnte ich wissen, dass man nur fünf Meter im Erz ist? Da fand man einen Gang von fünfzig Zentimeter und dann kam taubes Gestein. Es war ein ausgesprochenes Glück für Monsieur Horvath, dass noch ein zweiter Gang kam."
„Dass es reines Glück war dürfte wohl nicht stimmen, Monsieur Becker. Auf jeden Fall haben Sie nun die Konsequenzen zu ziehen. Es hat sich zu viel auf Ihrem Konto angesammelt."
„Ich kann jetzt nicht ausscheiden. Alle wüssten dass es wegen Horvath ist. Verlangen Sie, Monsieur Surand, dass ich mich lächerlich mache? Ich wäre hier keine Autorität mehr."
„Das verlangen wir nicht. Monsieur Becker. Aber Monsieur Delzers will nicht, dass Sie bis zur Ihrer regulären Pensionierung in Irahi bleiben. Könnten wir uns denn nicht irgendwie in der Mitte treffen, Monsieur Becker. Und beiden wäre damit gedient."
„Sie meinen, dass ich bereits in einem Jahr ausscheide?"

137

„Ich glaube, dass ich unter gewissen Voraussetzungen das als spätesten Termin bei Monsieur Delzers vertreten könnte."

„Und die wären?"

„Dass alles Material und alle Werkzeuge, die nach Irahi kommen, von nun an auch entsprechend verwendet werden. Sie sind dafür verantwortlich."

„Und wenn ich nicht darauf eingehe?"

"Dann müssten wir Ihnen leider kündigen. Sollten Sie dann irgendwie versuchen, über Jabbags Bruder auf uns Druck auszuüben, nun, so müssten wir eben aufs Gericht gehen. Wir haben genügend Beweise dass hier in Irahi die Firma von Ihnen geschädigt wurde. Sie dürfen mir glauben, dass wir alle unsere Mittel einsetzten würden, diesen Prozess zu führen und zu gewinnen. Möchten Sie das in Ihrem Alter noch mitmachen?"

Armand Becker überlegt, man merkt wie er nach einem Ausweg sucht. Nach einer kurzen Pause fährt der Generaldirektor fort: „Selbstverständlich würden wir Sie bei einer gütlichen Übereinkunft mit dem Betrag abfinden, den Sie noch bis zu Ihrer regulären Pensionierung verdienen würden."

„Soll das heißen, dass wenn ich heute gehen würde, Sie mir noch zwei Jahresgehälter bezahlen würden?"

„Wir würden Ihnen einen Jahresgehalt geben."

Armand Becker steht auf und geht im Zimmer auf und ab, immer wieder, dann bleibt er, der Riese, vor dem schmächtigen Surand stehen. „Gut Monsieur Surand, ich gehe darauf ein, ich werde ab ersten Juli nächsten Jahres in den Ruhestand treten. Aber niemand darf jetzt davon etwas erfahren, außer Sie und Monsieur Delzers."

„Dass die Sache unter uns bleibt kann ich Ihnen versprechen. Ich freue mich, Monsieur Becker, dass wir uns nun doch geeinigt haben. Haben Sie ein Stück Papier damit wir es schriftlich festhalten?"

„Gilt Ihnen mein Wort nicht?"

„Doch, Monsieur Becker, aber ich brauche es für Paris."

5 Marokkanische Hochzeit

Solch eine Hochzeit hat Irahi noch nicht gesehen. Hassan, der ranghöchste Marokkanische Bergmann heiratet Saadia, die Tochter von Mulay ben Haddu, dem Chef der Schreinerei. Sechs Jahre hat Hassan gespart bis er den Kaufpreis von fünfhunderttausend Francs zusammen hatte, die Mulay für die nun fünfzehn Jahre alte Saadia gefordert hat. Denn Saadia ist nicht nur hübsch. Trotz ihrer Jugend knüpft sie Teppiche die schon weit über Irahi hinaus bekannt sind und Kenner behaupten, dass gerade Saadias Teppiche einmal in der ganzen Provinz bekannt und begehrt sein werden. So glaubt Hassan, dass der Preis, den er für Saadia bezahlen musste, wohl hoch sei, dass er sich am Ende doch lohne. Mit dem Geld das Saadia mit ihren Teppichen verdienen wird, wird er sich noch eine zweite und vielleicht auch dritte Frau kaufen können und er, Hassan, wird sich schon solche Frauen nehmen die ebenfalls Geschick im Teppichknüpfen haben. Wenn ihm dann nach fünfzehnjähriger Arbeit in der Mine eine bescheidene Rente zusteht, wird er mit Arbeiten aufhören. Er kann sich dann ein paar Dattelpalmen kaufen und von deren Pacht, seiner Rente und vor allem den Teppichen wird er dann ein sorgenfreies und angenehmes Leben führen können, Inschallah. Und weil Saadia eine solch gute Partie ist und seiner und seines Schwiegervaters Stellung wegen war Hassan zu dieser großen Hochzeit verpflichtet. Doch auch Mulay konnte gar nicht anders nachdem es mit ganzen Dorf ein offenes Geheimnis ist, wieviel er für Saadia bekommen hat.

Mulay bewohnt drei am Rande des Dorfes nebeneinander liegende Wohnungen in einem der Blocks, welche die Firma erstellt hat. Und Mulay's Wohnung ist heute für das Fest gerichtet. Mit Bambus ist ein großer Hof abgezäunt in dem sich das Fest abspielt. Fast ein Viertel ist mit Teppichen ausgelegt, es ist der Ehrenplatz der Europäer die alle geladen sind. Und nach der Siesta finden sich auch alle ein, sogar Generaldirektor Surand erscheint mit Becker, ziehen artig ihre Schuhe aus und setzen sich auf die Teppiche.

Europäer bei der Hochzeit

Auch der für die Marokkaner bestimmte Teil des Hofes füllt sich und besonders um das Orchester sitzen sie in ihren weißen Umhängen dicht an dicht. Auf den freigebliebenen Flecken werden Holzkohleöfen aufgestellt und darauf der nicht fehlende Minztee mit dem üblichen Zeremoniell bereitet. Es ist das einzige Getränk das es gibt. Immer wieder werden die leeren Gläser eingesammelt, volle ausgeteilt. Gelegentlich bringt das Orchester Proben seines Könnens, Anklang findend bei den Marokkaner, aber kaum beachtet von den Europäern.

Inge und Karl Wieser sitzen neben ihren Freunden, schlürfen gelegentlich an dem Glas Minztee und betrachten das Treiben im Hof. Da Inge nur den freudestrahlenden ben Haddu sieht, jedoch nicht den Bräutigam und auch keine einzige Frau, erkundigt sie sich bei Hilde Goldmann, die breitwillig Auskunft gibt: „Hassan ist im Haus, er wird noch kommen. Und die Frauen feiern ein paar Häuser weiter für sich allein. Da hat kein Mann etwas dabei zu suchen, genauso wenig wie hier eine Frau."
„Aber warum sind dann wir Europäerinnen hier?"
Adam Goldmann antwortet an Stelle von Hilde: „Vielleicht ist es eine Konzession, vielleicht betrachten sie Euch nicht als richtige Frauen, wer weiß es."
Hilde protestiert: „Von wegen! Solltest Du mal sehen was die Typen für Stilaugen bekommen wenn sie uns im Bad im Badeanzug sehen."

Zwei Marokkaner kommen zu den Europäern, bringen Wasserkannen und Zuber und gehen von einem zum anderen, damit sich jeder die Hände waschen kann. Jedes Händepaar wird übergossen, jedem die Seife gereicht, wieder ein Wasserguss und dann das Handtuch gereicht. Dann bringt man niedere Tischchen, stellt darauf Schüsseln mit dampfendem Tarschin. Wie Pfannkuchen aussehendes Brot wird verteilt.

Immer sechs Personen machen sich über eine Schüssel her, brechen die Brote und holen damit das scharf gewürzte Gemüse und die Stücke Hammelfleisch heraus. Knochen werden abgenagt, Soße wird ausgetunkt. Es schmeckt herrlich. Wiesers

Aufmerksamkeit richtet sich dabei auf den Nebentisch. Dort sitzen Gonzalos Kinder. Immer und immer wieder greifen dort die mit Brot umgebenen Fingerchen in die Schüssel, holen Fleisch und Gemüse heraus. Es ist eine Freude wie sich die Kleinen mit tiefem Ernst dem Essen widmen. Die sonst immer beanspruchten Sprechbänder haben Pause.

Obwohl es allen wunderbar schmeckt und jeder satt ist bleiben in den Schüsseln noch ansehnliche Reste, die abgetragen werden. Inge fragt Franz Koller was damit nun geschehe. „Des kommt jetzt zu den Frauen, damit die au no was vom Festschmaus kriegen."
„Wird für die nicht auch gekocht?"
„Na, erst kommen d'Männer und was übrig bleibt, des geht zu den Weibern und Kindern. Der Rest kommt dann auf d'Straß zu den Nachbarn, den Bettlern."
„Immer zuerst die Männer, die Männer! Ich wundere mich, dass sich die Frauen das gefallen lassen. Ich bin auf jeden Fall froh, dass ich keine Marokkanerin bin."
„Aber schau, Inge, unsere Fatimas wollen gar nicht mit uns tauschen. Im Gegenteil, sie bedauern uns weil wir nicht ihren, den richtigen Glauben haben."

Neue Schüsseln werden aufgetragen. Duftender Kuskus, garniert mit Hammelfleisch und Gemüse wird aufgetragen. Obwohl alle bereits satt sind verleitet es zu neuem Essen. Doch es ist schwierig, dieses Gericht richtig zu essen. Man muss aus dem sehr groben Grieß Klöße kneten und sie mit dem Daumennagel in den Mund schlenzen. Alle versuchen möglichst perfekt zu sein, bis auf Gonzales Kinder, sie sich in keiner Weise anstrengen und nur zugreifen und das Gegriffene in den Mund schieben. Ihr Platz sieht auch dementsprechend aus, Gesicht, Hände, Kleider, Tisch und Teppich sind bestreut mit Grieß. Und je nach Können der europäischen Erwachsenen sieht es an deren Plätzen ähnlich aus. Während man an Goldmanns und Kollers Platz kein Körnchen findet sind Wiesers Plätze nicht allzu sauber.

Während wieder ein Typ mit Wasser zum Waschen der Hände kommt, erscheint nun auch Hassan und begrüßt die Gäste. Um die Stirn hat er eine weiße Schärpe gebunden die ihn als Bräutigam kennzeichnet.

Nach den Europäern speisen die Marokkaner. Als die letzten Reste des Essens abgetragen sind beginnt das Orchester. Die ersten Männer stellen sich auf zum Tanz. Vorsänger und Vortänzer treten auf, immer länger wird die Reihe der Tänzer. Langsam beginnt es zu dunkeln und je mehr die Dämmerung sinkt, desto hektischer wird der Rhythmus. Immer mehr glänzen die Gesichter von Musikanten und Tänzer. Tum-tum-tum tönt es in der Wüste. Die ersten Europäer brechen auf und bald ist der teppichbedeckte Teil des Hofes leer. Noch lange nach Mitternacht hört man auch in der Stadt noch das tum-tum-tum.

Idder tritt mit drei weiteren Marokkaner in Beckers Büro. „Was ist los, Idder? Du bringst wohl den ganzen Betrieb mit?
„Monsieur Becker, wir wollen mit Dir reden wegen dem zweiten Arbeitsanzug und wegen Lohnerhöhung. Dass beides dringend nötig ist habe ich Dir schon oft gesagt."
Scharf und zugleich verwundert sieht Armand Becker die vier Marokkaner an. Sein Blick wechselt von einem zum andern. „Was wollt ihr?"
„Wir wollen Dir sagen dass wir nun endlich den zweiten Anzug wollen. Und wir verlangen mehr Lohn."
„So so, das wollt ihr. Kann mir das Idder nicht allein sagen, muss da die halbe Belegschaft dabei sein? Ihr wollt Euch wohl vor der Arbeit drücken, ein bisschen feiern, was? Und ich soll euch für euer faulenzen auch noch bezahlen!"
„Wir haben alle die zweite Schicht Monsieur, und wir sind dabei damit Du siehst dass es und diesmal Ernst ist."
„Mit was soll es denn diesmal Ernst sein?"

Die vier reden durcheinander:

„Wir verlangen mehr Lohn, Monsieur Becker!"

„Und einen zweiten Anzug!"

„Seit drei Jahren haben wir denselben Lohn und alles ist viel teurer geworden."

„Die Firma verdient genug. Das Kobalt ist in den letzten Jahren auch viel teurer geworden."

„Wenn ihr mehr Geld wollt dann arbeitet mehr. Ihr könnt ja gehen wenn es Euch nicht passt, hundert andere warten auf eure Arbeitsplätze. Und damit Schluss, ich habe Wichtigeres zu tun als mich mit euch zu unterhalten. Geht jetzt!"

„Du willst uns also nichts geben, Monsieur?"

„Nein! Geht jetzt endlich an eure Arbeitsplätze. Auf was wartet ihr noch!"

„Dann willst Du es also darauf ankommen lassen?"

„Ihr habt wohl im Sinn zu streiken, habt die Leute aufgehetzt. Ich weiß Bescheid. Aber bevor es zum Streik kommt setze ich euch vier auf die Straße, euch alle vier. Ich habe euch gesagt, dass ihr an eure Arbeit gehen sollt und ihr seid nicht gegangen. Das ist glatte Arbeitsverweigerung."

„Wenn es zum Streik kommt bis Du selber Schuld, Monsieur. Wir haben lange genug Geduld gehabt."

„Lucas!"

Charles Lucas tritt ein. Wie immer wenn es in Beckers Zimmer laut zugeht befindet er sich im Vorzimmer. „Was ist, Monsieur Becker?"

„Monsieur Lucas, die vier hier haben die Aufnahme ihrer Arbeit verweigert, sie sind fristlos entlassen. Richten Sie die Papiere. Sollte einer der vier morgen noch in Irahi sein, so rufen Sie die Gendarmerie, damit die den Typ fortschafft."

„Darf ich einwenden, Monsieur Becker, dass von zweien die Familie hier ist. Mit dem ganzen Hausrat lässt sich schlecht so schnell umziehen."

„Dann kann die Familie bis übermorgen bleiben, aber das ist das Äußerste. Und Ihr könnt den andern sagen, dass es jedem so geht der streikt. Verschwindet jetzt, los!"

144

6 Der Streik

Einmal in der Woche treffen sich Inge Wieser, Hilde Goldmann und Gerda Baier nachmittags zum Kaffee und es scheut weder Gerda Baier die Fahrt nach Irahi, noch Inge Wieser und Hilde Goldmann die nach Bu Seraul nicht, um zum jeweiligen Treffpunkt zu kommen. Heute ist die Reihe an Hilde Goldmann die Gäste zu bewirten, und sie hat sich gut vorbereitet, hat Apfelkuchen und eine Sahnetorte gebacken, genauso wie sie es noch von Deutschland kennt. Und den Gästen mundet es.

Wie in ganz Irahi, so beherrscht auch hier ein Thema den Nachmittag: der Streik. Die Entlassung der vier Marokkaner hatte sich wie ein Lauffeuer noch am Vormittag verbreitet. Die zweite Schicht fuhr bereits nicht mehr ein. Nach der Mittagspause blieben die Typen auch den Werkstätten fern. Nur Ahmed Guiziz im Büro, Mohamed der Telefonist und Jussuf im Popote verrichten noch ihre Arbeit.

Nachdem sie einige Zeit vergebens auf ihre Arbeiter gewartet hatten sind Adam Goldmann und Franz Koller nun bei der Kaffeerunde gelandet.
„I spinn doch net und krampf alleinigs in der Werkstätten rum. Den Karl hab ich mitbringen wollen, aber den bringst net aus seim Büro. Der macht direkt Streikbrecher."
„Der wird sich nicht getrauen weil er zu nah beim Patron ist. Aber wie ich sah, streiken die Marokkaner vollzählig. Das hätte ich nicht geglaubt."
„Schau Adam, beim letzten Streik vor fünf Jahr wars doch genauso. Morgen kommen die ersten schon wieder arbeiten, übermorgen arbeitet die Hälft und in drei Tag ist alls vorbei. Die Typen ham ka Ausdauer. Herrgott, mir ham früher mal zehn Wochen gstreikt. Rauskemma ist zwar net viel, aber immerhin, solang ham mirs ausgehalten.
„Ich weiß auch noch wie ihr einmal gestreikt habt, Adam. Es waren wohl sechs Wochen. Wir waren damals jung verheiratet und hatten Schulden. Es war eine harte Zeit, aber brachten sie durch."
„Das werden wir von den Typen wohl kaum erwarten können. Sie trauen sich viel zu wenig zu. Das kommt von ihrem Glauben. Alles kommt doch von ihrem Mulanah,

auch der Lohn. Da hat es ein Unternehmer leicht."

„Net blos die Unternehmer, Adam, auch die Regierung. Jede Regierung hats leicht bei einem Volk das gut religiös ist, sie braucht blos behaupten der liebe Herrgott hätt sie eingesetzt."

Gerda Baier wendet sich dagegen: „Aber man muss doch religiös sein, man muss doch an Gott und das Jenseits glauben. Woher bekäme man sonst seinen moralischen Halt?"

„Schau Baierin, ich glaub net an Gott und ans Jenseits und ans jüngste Gricht. Aber ich hab noch keine Menschen umgebracht und auch net einen einzigen Franc gstohln, ob es glaubst oder net. Doch wolln wir net streiten, der Kuchen ist derfür viel z'gut. Ich nehm noch ein Stückerl, Hilde, es schmeckt mir so gut."

Noch ehe Hilde zustimmen kann hat sich Franz Koller bereits ein Stück abgeschnitten aus dem man hätte gut zwei Portionen machen können.

Karl Wieser und Ahmed schauen durch die offene Türe ihres Büros dem Regen zu.

„Na Ahmed, jetzt seid ihr aber froh dass es endlich regnet."

„Ja, Monsieur, Regen ist gut denn Mulanah schickt ihn. Und schau wie fest es regnet."

„Ja, es regnet stark und schon den ganzen Vormittag. Sonst kommt doch der Regen im Frühjahr, Ahmed."

„Dieses Jahr hat es nicht viel geregnet, nur zwei Mal, und nicht lange. Da sind viele Hammel gestorben. Aber wenn es jetzt schon regnet, da wird es den Winter über viel regnen, das ist gut."

„Es stimmt, dieses Jahr hat es nur im April zweimal geregnet, immer nur eine halbe Stunde. Das war nicht viel. Und jetzt regnet es schon fünf Stunden. Das gibt viel Wasser."

„Soviel Wasser auf einmal das ist auch nicht gut Monsieur." Vor drei Jahren hat es auch einmal so fest geregnet und da hat das Wasser im Oued bei Zaouia fünfzehn Hammel mitgenommen und drei Häuser."

„Wie kam denn das, warum hat man die Tiere nicht aus dem Oued getrieben?"

„Wenn es so stark regnet dann kommen die Oued ganz plötzlich und wie eine Mauer aus Wasser, Monsieur. Alles geht dann so schnell. Und viele Häuser fallen ein wenn es so lange regnet, das Wasser weicht die Wände auf und dann fällt das Dach zusammen. Wenn es noch bis Nachmittag so weiterregnet, dann werden im Dorf auch wieder einige Häuser einfallen, Monsieur.

„Da hättet ihr jetzt streiken müssen, Ahmed. Ihr hättet dann Zeit gehabt eure Häuser zu reparieren und euer Streik hätte dann wenigstens etwas eingebracht.

„Wir haben aber doch den zweiten Anzug bekommen, Monsieur."

„Aber keinen Franc mehr Lohn, Ahmed. Und den Anzug hättet ihr auch ohne Streik bekommen."

„Wenn sich die Typen auch nicht einig sind! Du hast doch gesehen wie am nächsten Tag die ersten schon wieder zur Arbeit gingen, und am Tag darauf waren es mehr, und am nächsten Tag da hat die Hälfte der Typen wieder gearbeitet."

„Und nach dreieinhalb Tagen Streik wart ihr alle froh dass ihr wieder zur Arbeit konntet."

„Mulanah wollte das so. Aber wir bekommen nun den zweiten Anzug. Auch Du bekommst ihn, Monsieur."

„Ich weiß das, Ahmed. Aber dafür allein hätte ich nicht gestreikt. Das macht in der Woche gerade dreißig Francs was ihr von der Firma bekommt. Was ist eigentlich mit Idder und den anderen drei Typen?"

„Das sind gute Facharbeiter, Monsieur. Wenn Mulanah will bekommen sie schon wieder irgendwo Arbeit."

147

7 Begegnung an der Furt

Franz Koller ist mit einem 2CV auf dem Weg nach Ouarzazate. Der Regen passt ihm gar nicht. Gewiss, zwei Stunden Regen, das wäre gut gewesen, aber es regnet noch immer und Franz Koller hofft, dass es endlich aufhören werde, denn wenn es bis zum Abend regnen wird, ist an eine Rückfahrt heute nicht mehr zu den. Er hatte heute Vormittag bereits Mühe über den Oued Draa zu kommen, fast wäre das Wasser an der Furt schon zu hoch gewesen. Ja, wenn nur endlich der Regen aufhören würde, oder der Scheibenwischer würde wenigstens funktionieren. So bleibt nichts anderes übrig als ihn immer mal wieder mit der Hand zu drehen. Noch eine halbe Stunde, dann wird Franz Koller in Ouarzazate sein und vielleicht kann er dann auch den Scheibenwischer reparieren, falls es noch regnen sollte.
„Sakra, jetzt hat der Oued hier doch auch Wasser, und des net mal wenig." Die Straße vor Franz Koller führt direkt ins Wasser. Man sparte sich die Mühe und Kosten für eine Brücke, nachdem der Oued nur alle paar Jahre einige Tage Wasser führt. „Ah, i probiers, i werd scho durchkommen." Ganz langsam fährt Franz Koller in den Oued. Immer mehr verschwinden die Räder, immer tiefer wird das Wasser. „Wenn es noch a bisserl tiefer wird dann schaff i es net. Sakra, sakra, jetzt ist der Motor abgstorbn. Elende Sauerei! Hoffentlich nimmt es die Mühlen net von der Straßn, des reißt ja hier ganz gwaltig."

Wasser dringt an den Türen in den Wagen. Franz Koller zieht seine Sandalen aus, legt sie auf den Rücksitz, krempelt die Hosen bis über die Knie und steigt aus. Er merkt wie das Wasser den 2CV langsam an den Straßenrand drückt. Das muss er verhindern, denn dort fällt es fast einen halben Meter ab. Koller fasst die hintere Stoßstange und beginnt aus Leibeskräften zu ziehen. Kaum merklich kann er das Fahrzeug bewegen, aber sobald er loslässt treibt es ebenso langsam wieder dem Straßenrand zu. Erneut fasst er wieder die Stoßstange, wieder verliert er beim Ausschnaufen das mühsam Erreichte. Es scheint ein Spiel ohne Ende zu werden.
Plötzlich steht ein Marokkaner am Ufer. Es ist einer jener alten Landbewohner, nur mit einer Dschellaba bekleidet, die bis über die nackten Knie geht.

Landbewohner

Als der Mantel neu war muss er weiß gewesen sein, doch das ist lange her und nun hat er alle Farben außer der ursprünglichen. Ebenso undefinierbar ist die Farbe seines Turbans. Die nackten Füße stecken in klobigen Sandalen aus alten Autoreifen.

Der Alte fragt ob er helfen könne.

„Natürlich Fakir, komm fass mit an, der Wagen rutscht sonst von der Straße," antwortet Koller im Dialekt der Chleu. Sofort entledigt sich der Alte seiner Sandalen und greift zu. Beide müssen kräftig ziehen denn die Strömung ist stark. Einmal rutscht der Alte aus und sitzt im Wasser. Lachend steht er auf und zieht weiter.

„Des war bestimmt Dein erstes Bad in den letzten fünf Jahren," brummt Koller auf Deutsch vor sich hin.

„Woacha, macht nichts, aber der Regen ist gut. Allah hat ihn geschickt, das gibt dieses Jahr fette Hammel," antwortet der Alte lachend.

„Aber er hätte mit dem Regen auch noch bis morgen warten können, da wäre ich wieder in Irahi gewesen."

„Allah macht es immer recht. Denk doch das viele Wasser. Das gibt fette Hammel."

Es gelingt den Beiden den 2 CV aufs Trockene zu ziehen. Vom Alten tropft das Wasser.

„Ich danke Dir vielmals, Fakir, allein hätte ich es nicht geschafft. Hier, kauf Dir ein paar Zigaretten." Koller will ihm zweihundert Francs geben aber der Alte weigert sich, er lässt sich nicht bewegen das Geld anzunehmen.

„Mulanah sieht alles und er hat gesehen dass Du Hilfe brauchst und hat mich zu Dir geführt damit ich Dir helfe. Du musst Mulanah danken und nicht mir. Woher kommst Du?" Hast Du schon einmal was von Irahi gehört?" „Ich arbeite dort."

„Was arbeitest Du dort?"

„Dort ist eine Mine, Fakir."

„Oh, eine Mine. Das ist gut, da kann man gut verdienen. Mouloud aus meiner Familie arbeitet in Bou Skour, er versorgt unsere Familie mit Geld und wir ihn mit Essen. Kennst Du Bou Skour?"

„Ich war schon dort."

„Es ist weit dorthin. Aber Mouloud verdient gut. Ist Deine Familie auch in Irahi, Sidi?"

„Nein, die ist in Casa. Willst Du eine Zigarette, Fakir?"

„Nein, ich rauche nicht, Mulanah hat es verboten. Deine Familie ist in Casa. Das ist aber weit."

„Ja, das ist weit. Aber ich setze mich jetzt ins Auto, ich muss nicht im Regen stehen. Du kannst Dich neben mich setzen, Fakir."

„Ich bin noch nie in einem Auto gesessen und ich setze mich auch jetzt nicht hinein. Das ist recht für die Jungen."

Und während sich Franz Koller ins Auto setzt lehnt sich der Alte neben das offene Fenster und redet weiter. „Ich wohne in Ouisaden, aber ich komme eben von meinem Sohn, der wohnt in Bou Rbia, das ist gleich dort hinten. Da war ich auf Besuch. Mein Sohn hat vier Söhne. Aber ich habe in Ouisaden noch drei Söhne, die haben auch alle Söhne, nur einer hat nur zwei Töchter. Hast Du auch Söhne, Sidi?"

„Zwei habe ich."

„Mulanah möge sie beschützen, Sidi. Haben sie auch schon Söhne?"

„Nein, die sind noch zu jung."

„Ah, sie sind noch zu jung." Willst Du jetzt zu Deiner Familie nach Casa?"

„Ich möchte nach Ouarzazate wenn ich über dem Oued wäre."

„Warte halt noch, irgendwann kommst Du schon hinüber. Soviel Wasser hat der Oued auch schon lange nicht mehr gehabt. Einmal, das war früher und meine Söhne waren alle noch nicht verheiratet, da hatte der Oued soviel Wasser dass ein Lastwagen stecken blieb und ein ganzes Stück mitgenommen wurde. Da hat man auch mich geholt und ich habe geholfen ihn wieder auf die Straße zu bringen. Aber das Wasser bleibt hier nicht lange, bestimmt kannst Du morgen durchfahren."

Hätte ich dem Kerl nur nicht gezeigt, dass ich Chleu kann jetzt redet er mir ein Loch in den Bauch und bringe ihn nicht los, denkt sich Franz Koller. Da hört er ein Auto und bald danach steht ein Lastwagen bei ihm. Der Fahrer steigt aus, man begrüßt sich.

„Was ist, Monsieur, kommst Du nicht hinüber?"

„Nein, ich bin schon stecken geblieben und wir zwei haben den 2CV wieder rückwärts herausgezogen."

Nun erklärt der Alte dem marokkanischen Fahrer die Bergungsaktion und erkundigt sich nach dessen Familie, Wohnort und Reiseziel. Dann bietet der Fahrer Koller an, ihn durch den Oued zu ziehen und Koller willigt sofort ein.

Am anderen Ufer nimmt der Fahrer gern die zweihundert Franc von Koller. Koller muss noch warten bis der Motor trocken ist. Der Alte winkt ihm zu und geht seinen Weg.

Die Garage ist kaum wieder zu erkennen. Sie ist völlig ausgeräumt, der Boden geputzt, zwei lange Tischreihen stehen in der Mitte die fein säuberlich gedeckt sind. Nur die Werkbänke an der Wand ließ man, doch auch sie sind sauber und mit weißem Papier abgedeckt. Eine Menge Wein, Bier, Anis, Wermut, Gebäck und Appetithappen steht auf den Tischen. Und um die Tische steht von den Europäern der Firma wer sich irgendwie freimachen konnte. Die Marokkaner, die in den Werkstätten in Irahi arbeiten stehen etwas abseits um einige Kisten Coca Cola und Fruchtsäfte. Franz Koller hält eine Flasche Cognac, Leon Serres eine Flasche Whisky und Hernan Mancioli eine Flasche Calvados in der Hand und bieten jeden davon an.

Heute ist das Fest des heiligen Lorenz, des Schutzpatrons der Mechaniker. Und wenn schon die Bergleute ihren Barbaratag feiern, dann haben auch die Mechaniker das Recht ihren Schutzheiligen zu feiern, sind sie doch nach den Bergleuten die stärkste Gruppe in Irahi. Und so geben jedes Jahr am Tag ihres Lorenz die Mechaniker einen Aperitif in einem ihrer Arbeitsräume.

Natürlich kostet dieser Aperitif die Firma eine Kleinigkeit, ganz abgesehen vom Arbeitsausfall. Und darum hatte auch Armand Becker diesen Brauch einschränken wollen. Im vergangenen Jahr hatte er nur zehntausend Francs bewilligt und die Auflage gemacht, dass nur die Mechaniker allein feiern. Aber so leicht ließ sich in einem so abgeschiedenen Flecken wie Irahi eine solche Gelegenheit zum Feiern nicht abwürgen. Als Becker damals in die Garage kam war alles wie sonst anwesend. Es war damals Jean Bivel, der Chef der Mechaniker, der Becker aus einer eigens dafür vorbereiteten Flasche ein Glas einschenkte. Doch den ersten Schluck spuckte Becker sofort in hohem Bogen wieder aus. Es war eine starke Salzlösung.

„Was zum Teufel ist denn das für ein Gesöff" schrie er.

„Das Geld hat leider zu nicht mehr gereicht, Monsieur Becker, " sagte darauf Bivel.

Als Becker dann die Gesichter all der Umstehenden sah da rückte er mit weiteren zehntausend Francs heraus: „Damit ihr nicht auch Salzwasser trinken müsst. Aber jetzt Bivel habe ich einen richtigen Cognac verdient, mir brennt es sonst die Zunge weg."

So gab es dieses Jahr sogar fünfundzwanzigtausend Francs und Armand Becker ist sehr leutselig, spricht mit diesem und jenem. Immer wieder muss Koller Beckers Glas mit Cognac nachfüllen. Koller sorgt natürlich dafür, dass er selbst auch nicht zu kurz kommt.

„Halt Di ran, Adam, der Alt rückt bestimmt noch fünftausend raus wann er sieht dass nix mehr da ist."

„Ich habe geglaubt, Du verehrst keine Heiligen, Franz."

„Außer dem Lorenz und der Barbara. Und auch die nur weils die Firma zahlt. Und da schau ich, dass ich meinen Teil krieg, denn des wird von meim Geld zahlt, des ich mit erarbeitet hab und des man mir abbschissen hat. Woher kommt den des Geld, des die Firma hat, der Grund und Boden und die Häuser und die Maschinen? Des kommt doch von unserer Arbeit, von Deiner und meiner und der all der Typen. Davon hat man des angschafft. Ghören tuts einer Portion Geldsäcken, von denen bestimmt ein ganzer Teil net weiss wo Irahi ist und die noch nie Kobalt gsehen ham. Vom Lohn Deiner Arbeit hat man des angschafft, und wenn weggehst hast ein Dreck. Und drum schädig ich da die Firma wos nur geht und sag net mal dankschön."

Franz Koller teilt den Rest der Flasche unter sich, Adam Goldmann und Karl Wieser. Doch ehe die drei ihr Gespräch fortsetzen können kommt Armand Becker zu ihnen.
„Monsieur Koller, haben Sie noch etwas Cognac in Ihrer Flasche?"
„Die Flasche ist leer, Monsieur Becker. Aber ich hole gern noch eine im Ecomat, wir haben auch noch Durst."
„Ist nicht nötig, Monsieur Koller, ich sehe, dass Mancioli noch etwas hat. Gehen wir doch dorthin."

Nicht nur, dass Armand Becker großen Wert auf gutes Essen legt und sich über die Frage ereifern kann, ob die Hühnchen von Bresse mit Butter aus der Normandie oder der Bretagne gebraten besser schmecken, sondern er will auch allgemein als Feinschmecker anerkannt sein. So stellt er immer mit Bedacht die Menus zusammen, welche die Firma an ganz besonderen Festtagen ihren Angestellten und europäischen Arbeitern gibt. Der Namenstag der heiligen Barbara ist solch ein Festtag, gilt sie doch als die Schutzpatronin der Bergleute. Mit diesem Brauch soll der katholische Glaube der Europäer gefestigt werden, denn die Firma fühlt sich verpflichtet, auch hier für die Bediensteten zu sorgen.

An diesem Tag ist der Festsaal in Irahi, der sonst meist als Filmtheater dient, für die Begriffe der Hamada, der Steinwüste festlich geschmückt. Lange Tischreihen sind fein säuberlich mit weißem Papier gedeckt. Nur der Tisch der am Kopfende des Saales quer zu den andern Tischen im Saal steht, hat weiße Leinendecken. Hier sitzt die Direktion, die Ingenieure und die Ehrengäste. Hier ist bei jedem Gedeck eine Tischkarte, hier liegen Stoffservietten und hier stehen die guten Stühle aus dem Popote.

154

Auf der anderen Saalseite steht ein zweiter Tisch quer, jedoch als einziger mit Holz-
bänken an den Seiten, gedacht für die wenigen marokkanischen Angestellten in Irahi. Und während sonst bei jedem Gedeck entweder eine Flasche Rot- oder Weißwein
steht, findet man auf diesem Tisch nur Coca Cola oder Limonade.

Pünktlich um neun Uhr erscheint an diesem Abend der Patron mit Armand Surand,
dessen Gattin und einer Anzahl weiterer Gäste aus Casa im vollbesetzten Saal. Für
das Dutzend Marokkaner, sonst Arbeiter der Firma die es als besondere Bevorzugung
ansehen hier bedienen zu dürfen weil sie sich die Reste der abgetragenen Speisen
teilen können, ist das das Zeichen den ersten Gang zu servieren. Es ist ein halbes
Dutzend Austern und eine halbe Zitrone auf einem Papierteller. Dann werden auch
die ersten leeren Weinflaschen erneuert. Wie üblich lässt man sich Zeit, lobt zwischendurch die Qualität der Muscheln, die erst am Abend aus Oualidia ankamen,
raucht und lässt die leeren Schalen auf dem Papierteller abtragen. Man wartet auf
den zweiten Gang.

Es ist Käsegebäck, und da es genügend davon gibt nehmen vor allem die Hausfrauen
mehrere Portionen, um den größten Teil davon in den mitgebrachten Einkaufstaschen unauffällig zu verstauen. Beim nächsten Gang, es ist Trüffelwurst, gelingt das
nur wenigen, die ausgegebenen Portionen sind abgezählt und der Rest wird in der
Küche aufbewahrt, damit man den Ehrengästen einen Imbiss mit auf den Weg geben kann. Bei der folgenden Gemüseplatte hingegen bleibt viel für die bedienenden
Marokkaner, während die sich daran anschließenden Seezungen ziemlich genau kal-
kuliert sind.

Nach diesem Reigen an Vorspeisen entsteht eine etwas größere Pause die dazu be-
nutzt wird den Teller besonders gründlich mit Brot auszutunken, sich mit Wein zu
stärken und zu rauchen. Zwei Frauen setzen sich etwas abseits, stillen ihre Säuglinge
und legen sie in den Wagen zurück.

Auf großen Tabletts kommen Truthähne in Stücken. Mit den Händen sucht man sich das oder die gewünschten Teile aus. Man nimmt von der Kastanienfüllung und der Soße, isst und lässt sich nachreichen wenn man Verlangen hat. Und Verlangen hat auch eine größere Anzahl Einkaufstaschen, auch am Direktionstisch. Doch das ist einkalkuliert, es bleibt sogar noch etwas für die Marokkaner, die zudem noch genügend von den Tellern abservieren können. Für sie hat sich der Abend gelohnt.

Die Teller werden abserviert, Dessertteller gereicht. Es kommt Salat und danach Käse. Für Kuchen und Torte tunkt man sie fein säuberlich mit Brot von Salat- und Kuchenresten frei. Dazu wird Kaffee ausgeschenkt, und da man keine Tassen hat, leert man die Weingläser und trinkt daraus. Dann schwenkt man sie mit Wein für seine Ration Cognac und trinkt danach wieder Wein.

Bis kurz vor Mitternacht dauert das Mahl. Zu Barbaras Ehren wird vor dem Saal ein Dutzend Sprengladungen gezündet, dann bringen die Familien ihre Kinder nach Hause, die Tafeln werden abgeräumt, eine Tanzfläche freigemacht. Vom Plattenspieler ertönt Musik und die ersten Paare beginnen zu tanzen.

Obwohl im Vorraum genügend Wein, Bier und Limonade bereit steht wartet alles auf den Champagner der nun ausgegeben wird. Für jeweils fünf Personen gibt es eine Flasche. Und es wird auch nur jede Stunde Champagner ausgegeben, doch es ist genau die richtige Menge um die Leute in der angenehm beschwingten Stimmung zu halten, in die sie Essen und Wein versetzt hat.

Um vier Uhr früh werden die letzten Flaschen gereicht. Bei Nicole Cheffer hat sich eine bunte Gesellschaft am Tisch zusammengefunden, zu der auch der Arzt und Carol Horvath gehören. Man hatte die beiden neben Caid Omar dem höchsten Regierungsbeamten des Kreises am Direktionstisch platziert. Doch da der Caid beim Essen zu sehr dem Wein zusprach, sehr früh betrunken war und unablässig und laut über die Juden schimpfte, hatten sich die beiden zu Nicole gesetzt. Für Adsheads Durst floss der Champagner viel zu spärlich, andererseits verschmähte er es aber auch sich an Wein zu halten wenn die Firma schon edlere Getränke ausgab. So hatten er, Horvath und Nicole bereits eine Flasche von Surands Platz organisiert. Dabei tanzte Horvath mit des Generaldirektors Frau, Adshead verwickelte Surand in ein Gespräch und Nicole konnte sich die Flasche aneignen. Als dann wirklich die letzten Flaschen geleert sind und Adsheads Durst immer noch nicht gestillt ist entdeckt dieser noch eine allerletzte volle Flasche. Sie steht auf des Generaldirektors Stuhl, fest von dessen Hand umschlungen, zwischen Surand und Yvert, die sich stehend unterhalten. Doch diesmal darf nicht er, Adshead zu Surand, die Flasche würde nur fester umschlossen, diesmal müssen Horvath und Nicole Surands Hand von der Flasche bringen. Adshead nähert sich einstweilen von der anderen Seite, vorbei am schlafenden Caid Omar, bückt sich und wartet. Und es gelingt auch Nicole, dass sie von Surand kurz in den Arm genommen wird, doch als dieser dann wieder nach seiner Flasche greifen will, fehlt diese. Wie er nun sieht, dass auf der anderen Tischseite Adshead hervorkriecht und triumphierend die volle Champagnerflasche hochhält, muss Surand lachen. „Ihr seid ein Gaunervolk in Irahi, Nicole! Komm gib mir einen Kuss und bring mir wenigstens eine Schluck aus der Flasche, dann kann ich euch nicht böse sein."

Auch im Dorf ist ein großes Fest. Zwar verstehen die Marokkaner nicht den Sinn, doch für sie ist wichtig, dass die Firma acht ausgewachsene Rinder gegeben hat, die an Spießen über offenem Feuer gebraten werden. Das ist Anlass genug zum Feiern. Doch da nur Männer in der Mine arbeiten und man gesagt hat es sei ein Fest der Bergleute, feiern auch nur die Männer. Und keine Frau getraut sich da auf den Platz.

Zum Fleisch gibt es Brot und Tee. Am Boden hockend wird geschmaust, ohne Teller ohne Besteck. Ununterbrochen schlägt dazu das Orchester das monotone tum-tum-

tum in die Wüstennacht. Dann tanzen die Männer, in langen Reihen zum Gesang der Vorsänger, wiederholen immer und immer die Refrains, tanzen seitwärts und zurück, gespenstisch beleuchtet vom Feuer, bis auch der letzte Funke verglüht und der samtschwarze Himmel mit Myriaden von Sternen Besitz ergreift vom Dorf.

Am Tag nach dem Fest merkt man allen mehr oder weniger die Müdigkeit an. In den Büros ist es ruhiger als an anderen Tagen. Jeder bemüht sich über die Zeit zu kommen. Auch Armand Becker sitzt in seinem Büro, tut geschäftig sobald jemand eintritt. Er hätte viel lieber seine Runde gemacht, hätte sie ausgedehnt, denn an der frischen Luft würde er sich wohler fühlen wie im Büro. Doch er muss hier warten, Surand will ihn und Blanc sprechen. Gestern Nacht auf dem Fest hat er es noch gesagt. „Was der wohl wieder will, sicher nichts Angenehmes. Wenn ich nur in besserer Verfassung wäre! Ach was, ich gehe jetzt zur Aufbereitung, Blanc kann mich ja rufen lassen" redet Armand Becker vor sich hin, steht auf, geht hinaus und sagt Réné Blanc Bescheid. Dann setzt er sich in seinen roten Buik und fährt zur Aufbereitung.

Wie er an der Garage vorbeikommt sieht er, wie sich ben Aissa mit Lahsen ben Mulud unterhält. Wie die beiden den Buik bemerken gehen sie sofort auseinander. Doch Becker hält und ruft sie zu sich ans Auto.
„Wollt Ihr beiden nicht arbeiten? Euch ist wohl das Fest gestern nicht bekommen. Was hast Du hier zu suchen Lahsen? Dein Arbeitsplatz ist in der Werkstatt. Ich werde Monsieur Mancioli sagen, dass er Dir in Zukunft mehr Arbeit gibt. Und Du, ben Aissa, hast wohl auch nicht genügend zu tun? Wie steht es mit dem 2CV Nummer vier? Es wäre endlich an der Zeit dass er repariert wäre. Lasst euch von mir nicht nochmals beim Nichtstun erwischen, sonst habt ihr eure Prämie gesehen!"

Noch ehe einer der beiden etwas erwidern kann braust der rote Buik davon. Er kommt an der großen Waage vorbei die alle Erztransporte passieren müssen. Und da sieht

Becker wie Omar am Waaghäuschen ein Nickerchen macht. Der Buik hält, doch Becker stellt den Motor nicht ab, lässt auch die Türe offen nachdem er ausgestiegen ist. Leise öffnet er die Türe des Häuschens und steht vor dem schlafenden Typ. Wie ein Donner treffen die Worte den Schläfer: „Wach endlich auf, Du Faulpelz! Dir helfe ich für Deinen Schlaf während der Arbeitszeit! Du meldest Dich morgen früh bei Hadsch Abslem, dann kannst Du Steine brechen in den Bergen. Und Deine Prämie für einen Monat bist Du los. Hast Du verstanden, Omar? Monsieur Defranchi sage ich Bescheid."

Und schon sitzt Armand Becker wieder in seinem roten Buik. An der Aufbereitung erwartet ihn bereits Jean Defranchi: „Guten Tag, Monsieur Becker. Eben hat man angerufen, dass Monsieur Surand Sie sprechen möchte."
„Guten Tag, Monsieur Defranchi, wie geht's? Den Omar von der Waage habe ich zu Hadsch Abslam versetzt, morgen früh fängt er dort an. Schläft der Kerl doch in seiner Hütte und wacht erst auf wie ich ihn anspreche. Seine Prämie wird natürlich auch für einen Monat gestrichen."
„Das ist ja gut! Wo bekomme ich jetzt einen Typ her der die Zahlen richtig ablesen und aufschreiben kann? Wer kann denn schon schreiben, von zuverlässig will ich gar nicht reden. Und Omar ist zuverlässig, da kommt selten mal ein Fehler vor."
„Haben Sie keinen Mann der an die Waage könnte?"
„Wenn einer so viel schreiben kann dann ist er Facharbeiter und ich kann ihn nicht entbehren. Hassan vertritt sonst Omar wenn der mal ausfällt, aber ich kann Hassan nicht für dauernd abgeben."
„Gut, dann soll Hassan zwei Wochen an die Waage. Solange muss aber Omar Steine klopfen, einen Denkzettel braucht er. Veranlassen Sie alles weitere, Monsieur Defranchi. Auf Wiedersehen."

Wie Armand Becker in sein Büro zurückkommt unterhält sich dort bereits Armand Surand mit Réné Blanc. Nach der Begrüßung wird das Fest gestern Abend nur ganz kurz erwähnt, dann kommt das Thema auf die Arbeit. Surand teilt mit, dass der neue Geologe bereits am ersten Januar anfängt. „Wir haben Glück gehabt. Es scheint ein tüchtiger Mann zu sein. Er hat erst im Oktober bei einer Firma frisch angefangen, doch es gefällt ihm dort nicht."

„Ist es ein Franzose?"

„Nein, Monsieur Tellier ist Belgier. Er arbeitete einige Jahre im Kongo. Zurzeit ist er in Belgien. Doch nun zur Produktion, dass sie in der Mine hier rückläufig ist, das wissen Sie ja selbst."

„Wir produzieren um zehn Prozent mehr wie vor einem Jahr, Monsieur Surand."

„Gewiss, Monsieur Becker. Aber die Kosten sind um zwanzig Prozent gestiegen. Ich wünsche, dass Monsieur Yvert nun wieder die Mine hier übernimmt."

„Wir brauchen ihn in Sidi Lahsen, Monsieur Surand. Sie wissen selbst was er aus der Mine dort gemacht hat. Fabry hätte das nie geschafft."

„Gerade darum bestehe ich darauf. Dass Yvert die Mine hier wieder übernimmt. In Sidi Lahsen treten wir sowieso kurz, da genügt Fabry."

„Ich bin anderer Meinung, Monsieur Surand. Wir haben dann hier unsere beiden besten Kräfte, Monsieur Blanc und Monsieur Yvert. Es ist doch wirtschaftlicher, sie zu verteilen.

„Dann muss sich eben Monsieur Blanc mehr um die Außenstellen kümmern. Hier in Irahi erfolgt die Hauptförderung, hier entstehen uns die wenigsten Kosten. Und es hat sich gezeigt, dass Monsieur Yvert es verstanden hat, hier die beste Produktion zu erreichen. Ich verlange daher, dass Monsieur Yvert wieder die Mine hier leitet, und zwar ab ersten Januar.

Sturmböen jagen aus Norden über das Land und bringen Kälte aus dem Hohen Atlas, wo in der Nacht Schnee gefallen ist. Hoch wirbelt der Sturm den Sand der Steinwüste, trägt ihn mit sich um ihn gegen jedes Hindernis zu schleudern, das sich ihm in den Weg stellt. Nur noch als Schimmer ist die Sonne zu ahnen.

Dicht verschlossen sind die Türen und Fenster der Häuser. Doch der Sand dringt durch die unscheinbarste Ritze ins Innere und bedeckt Fußböden und Möbel mit einer feinen Schicht. Sogar in die Schränke dringt er, setzt sich in den Kleidern und der Wäsche fest. Nichts bleibt von ihm verschont.

Wie Peitschenhiebe schlägt er in die Gesichter derer, die im Freien zu tun haben. Jede freie Sekunde Schutz suchend am Maschinenhaus, bis auf Sehschlitze eingemummt in Stofffetzen, ziehen die beiden Marokkaner die Loren vom Förderturm zum Abwurf. Immer gehen Sie mit dem Rücken gegen den Sturm. Ihre Augen, fast völlig geschlossen, müssen immer und immer wieder vom Sand befreit werden.
Dicht eingehüllt in ihre Dschellabas hockt, an das Verwaltungsgebäude gepresst, eine Anzahl Marokkaner und wartet auf die Auszahlung des Kindergeldes. Dieses Kindergeld wird vom Staat bezahlt und ist nicht sehr hoch. Aber da die meisten Familien viele Kinder haben und weil die letzten drei Monate der Saat gerade dafür kein Geld hatte, gibt es heute Beträge die oft höher sind wie der Monatslohn eines Arbeiters. So sitzen sie im Sturm und warten, bis Ahmed Güsis das kleine Fenster öffnen wird. Dann wird man hingehen, würdig ohne zu drängeln, den Betrag in Empfang nehmen, mit einem Zeichen quittieren, großmütig den anwesenden Bettlern eine Scherflein geben und Allah danken. Denn Mulanah ist gütig und zeigt wieder, dass er die Mohameds und Ahmeds in Irahi nicht vergessen hat, wie könnte sonst Ahmed Güsis solche Beträge auszahlen. Gewiss, das Kindergeld steht jedem Marokkaner nach dem Gesetz zu, aber wenn der Staat kein Geld hat, und das kommt öfters vor, dann kann er auch nicht bezahlen. Und ob der Staat Geld hat hängt wiederum allein von Mulanah ab. Also muss man Mulanah danken.

161

Solch komplizierte Gedanken stellen jedoch nur die intelligenteren der Anwesenden an. Der einfache Mann nimmt das Geld und dankt Allah, der es geschickt hat. Und da der einfache Mann keinen Begriff hat von der Zeit, weiß er auch nicht für welchen Zeitraum der Betrag ist. Man freut sich ob es viel oder wenig ist, immer ist es doch ein Zeichen, dass Mulanah auch an den armen Mohamed oder Ahmed denkt.

Doch solange der Sturm so heftig wütet wird Ahmed Güsis das Fenster nicht öffnen. Alles wäre dann im Büro voll Sand und Ahmed müsste jedes Papier erst abwischen, bevor er darauf Schreiben könnte.

Da der Sturm in seiner Schärfe langsam nachlässt findet sich bis zum Nachmittag eine stattliche Zahl Marokkaner vor dem Verwaltungsgebäude ein. Sie stehen und sitzen, tauschen Neues und Belangloses aus, und warten. Irgendwann wird sich das Fenster schon öffnen, Inschallah, wenn es heute nicht ist, dann ist es morgen oder übermorgen. Und wenn es sich nicht öffnet dann wollte es Mulanah nicht, und wer darf sich anmaßen, mit Mulanah zu rechten.

Da kommt auf der Piste von der Aufbereitung herunter ein Lastwagen in scharfem Tempo direkt auf die Wartenden zu. Der Fahrer hat die Türe der Fahrerkabine geöffnet und brüllt aus Leibeskräften. Die Bremse des Fahrzeugs funktioniert nicht und die Hupe ging früher schon einmal kaputt. Aber da sie zum Fahren nicht unbedingt nötig ist hat man sie auch nicht repariert. Durch das Geschrei des Fahrers werden die Wartenden auf das wildgewordene Auto aufmerksam und flüchten. Alle kommen beiseite, nur ein älterer Mann aus einem Dorf der Umgebung nicht, der zur Aushilfe für Grabarbeiten eingestellt wurde. Er wird vom Kotflügel gestreift und gegen die Hauswand geworfen. Dort knickt er ein und bleibt regungslos liegen. Dem Fahrer gelingt es, auf die ansteigende Straße zu den Wohnhäusern einzubiegen und dort kommt der Wagen auch zum Stehen.

Um den Verunglückten gibt es einen Auflauf. Drei der Anwesenden bemühen sich um ihn, der wie tot auf der Erde liegt. Man dreht seinen Kopf hin und her, bläst ihm ins Gesicht damit er endlich ein Lebenszeichen von sich gebe. Doch vergebens. Der Fahrer kommt, nur mit wenigen Worten beteuert er seine Unschuld. Wozu sollte er auch viel darüber reden, wo doch jeder Anwesende weiß dass es Allahs Wille war. Man dreht den Alten von einer Seite zur anderen, doch der stöhnt nicht einmal. Da schickt der Fahrer einen der Umstehenden zum Arzt. Vier Mann nehmen den leblosen Körper auf um ihn in die Ambulanz zu tragen. Da endlich schlägt er die Augen auf. „Wo wollt ihr mich hintragen?"

„Zum Doktor in die Ambulanz."

„Zum Doktor, dem Ungläubigen?"

„Er wird Dir helfen und Dich gesund machen."

Da beginnt der Typ sich zu wehren. Er schlägt mit Händen und Beinen um sich bis er wieder auf der Erde ist. „Nein! Nein! Dahin gehe ich nicht, er wird mich umbringen! Mulanah hat gezeigt, dass er an mich denkt, sonst hätte er nicht das Auto auf mich fahren lassen. Und wenn Mulanah will dann werde ich auch wieder gesund, ob Euer Doktor will oder nicht. Nein, zu Eurem Doktor gehe ich nicht!"

Wie dann Adshead neben ihm erscheint ist der Alte mit einem Sprung auf den Beinen und jagt so schnell es ihm möglich ist davon. „Komisches Volk, da wird man zu einem Sterbenden geholt und wenn der einen sieht rennt er davon wie ein junger Hammel," brummt Adshead vor sich hin.

Immer wieder prüft Karl Wieser seine Berechnungen. Es besteht kein Zweifel, wenn der Schacht so gebaut wird wie es Monsieur Blanc angegeben hat, dann kommt man direkt in die alte Sohle in der einige tausend Tonnen Auffüllmaterial sind. In sechzehn Meter Höhe wird man darauf stoßen und dann werden dreihundert Tonnen Auffüllgestein in den neuen Schacht einbrechen. Wehe jedem, der dann dort ist.

163

Karl Wieser nimmt seine Unterlagen und geht zu Réné Blanc. „Monsieur Blanc, der neue Schacht wird in die alte Sohle stoßen. Hier sind die Pläne, hier ist der Schnitt und hier sind noch Skizzen wo wir uns in jedem Meter Höhe befinden werden. Bei sechzehn Meter stoßen wir in die Sohle."

Réné Blanc betrachtet die Unterlagen. Besonders die Pläne der alten Sohle schaut er an. Dann zeigt er sie Wieser. „Sehen Sie, Monsieur Wieser, die sind von Daoud, einem Marokkaner der mal kurze Zeit als Hilfsgeometer bei Monsieur Carboni hier arbeitete. Daoud war ungenau, Sie können sich auf seine Einmessungen nicht verlassen. Ich kenne die Sohle, glauben Sie mir, sie stieg vom Abwurfschacht an ziemlich steil an. Der Höhenunterschied beträgt da mindestens neun Meter. Die alte Sohle ist an der fraglichen Stelle gut vierundzwanzig Meter hoch. Und da kommen wir mit unserem neuen Schacht sehr gut unten durch. Welche Neigung haben Sie für den neuen Schacht errechnet? Vierundfünfzig Grad. Na sehen Sie, da kommen wir gut vorbei."

„Monsieur Blanc, ich glaube nicht, dass eine solche Differenz in der Einmessung sein kann. Wäre es nicht besser den Schacht zu verlegen?"

„Den brauche ich dort. Ich kenne die Sohle, glauben Sie mir, und Daoud ist Marokkaner. Geben Sie also die Richtung die ich Ihnen gesagt habe. Wann haben Sie zuletzt die Sohle -260 Ost eingemessen? Wir dürften dort nun so weit sein um einen Schacht hochzutreiben."

„Vorgestern war ich dort. Den Plan können Sie bekommen. Ahmed wird gleich eine Lichtpause machen."

„Gut, Monsieur Wieser. Und dann machen Sie mir noch eine Skizze wo ich die Sohlen -260 ost und -220 ost zusammen sehe. Zeichnen Sie auch alle Schächte in dem Bereich ein, damit ich den neuen Schacht planen kann."

„Ist gut, Monsieur Blanc."

Paul Yvert benötigt einige Pläne von Sidi Lahsen. Wieser sucht sie hervor und während Ahmed auf der Suche nach einer Hilfe zum Lichtpausen ist, holt der Geometer die Pläne vom neuen Schacht und zeigt sie Yvert. „Wenn Sie gerade hier sind, Monsieur Yvert, dann würde mich da Ihre Meinung interessieren. Sie waren doch früher hier in der Mine und kennen sich aus. Monsieur Blanc will einen Schacht von Sohle -180 west auf Sohle -140. Aber nach meinen Unterlagen und Berechnungen kommen wir damit in die alte Abbausohle."

Paul Yvert vertieft sich in die Unterlagen. Gelegentlich verlangt er eine Erläuterung. „Es stimmt was Sie sagen, Monsieur Wieser. Haben Sie Blanc Bescheid gesagt?"
„Ja, aber er behauptet, die alte Sohle liege acht Meter höher. Daoud hätte sie eingemessen, der Plan würde nicht stimmen."
„Daoud hat schlecht gearbeitet, er ist Marokkaner. Aber soviel ich beurteilen kann stimmt der Schnitt. Ich kenne ja die Sohle, bei mir hat man da gearbeitet. Reden Sie nochmals mit Blanc. Sie müssen die Richtung des Schachts ändern sonst passiert ein Unglück. Wie hoch ist man schon?"
„Man hat die fünf senkrechten Meter."
Dann ist ja noch nichts verloren. Reden Sie mit Blanc und wenn er es nicht einsieht gehen Sie zum Patron."

Gleich nachdem sich Paul Yvert verabschiedet hat geht Karl Wieser nochmals mit seinen Unterlagen zu Réné Blanc. Dort ist auch Armand Becker. Karl fragt ob er nochmals wegen des Schachtes sprechen könne, es sei gut wenn Monsieur Becker auch dabei sei. Und Wieser sagt, dass er mit Monsieur Yvert gesprochen und der gesagt hätte, dass nach seiner Meinung der alte Schnitt stimmen würde und dass man die Richtung des Schachts ändern müsse.
„Warum muss man die Richtung ändern, Monsieur Wieser?"
„Monsieur Becker, wir kommen in sechzehn Meter Höhe in die alte Sohle. Hier sind die Unterlagen."

165

Während sich Armand Becker die Unterlagen ansieht redet Blanc. „Ach was. Ich kenne mich dort aus. Die Sohle liegt höher. Ich bin oft genug dort gewesen und weiß wie sie ansteigt. Sie wissen doch, Monsieur Becker, wie unzuverlässig Daoud gearbeitet hat. Außerdem brauche ich den neuen Schacht an dieser Stelle."

„Monsieur Yvert hat gesagt, dass die Messung nach seiner Kenntnis der Sohle stimmt, Monsieur Blanc."

„Sind Sie wirklich sicher, Réné? Yvert kennt sich dort auch aus und Sie sollten über seine Meinung nicht ohne weiteres hinwegsehen."

„Ich bin mir sicher, Monsieur Becker. Sehen Sie sich den Schnitt an. Völlig unbrauchbar. Hier an dieser Stelle hat Daoud ein Gefälle. In Wirklichkeit war hier eine Steigung. Und hier stieg es auch um gut drei Meter und Daoud zeichnet ein Gefälle. An der fraglichen Stelle liegt die alte Sohle bestimmt acht Meter höher und wir kommen gut unten durch."

„Nun ja, Réné, wenn Sie so sicher sind. Aber sobald Sie etwas bemerken stellen Sie die Arbeit im Schacht ein. Geben Sie also die Richtung an wie Monsieur Blanc es wünscht, Monsieur Wieser."

„Wie Sie wollen, Monsieur Becker. Aber wenn der Schacht höher ist als vierzehn Meter bringt mich niemand mehr dort hinein."

Von der Silvesterfeier spricht niemand mehr, obwohl Armand Becker ein besonders delikates Menü zusammengestellt hatte. Auch über die Hintergründe seiner Kündigung, die Armand Becker auf eben dieser Feier bei einer kurzen Ansprache mit wenigen Worten allgemein bekannt gab, sind verstummt. Es wird nicht mehr gesprochen über die Kürzung der Jahresprämien von Julio Mancioli um achtzig Prozent, weil er zwei Masten der Starkstromleitung nach Bu Gümmes derart ungünstig gebaut hatte, dass sie ein Sturm umlegte, und um fünfzig Prozent bei Albert Fabry, dem man den Rückgang der Produktion der Mine in Irahi ankreidete. Man spricht nicht mehr über die Kündigung des Chefchemikers. Paul und Yvonne Yvert sind wieder täglich in Irahi zu sehen und ihre Kinder tollen sich wieder mit den anderen auf den Straßen herum. Carol Horvaths Bemerkungen und Albert Fabrys tiefe Stimme sind nicht mehr im Popote zu hören und wer schulpflichtige Kinder hat brachte sie wieder nach Marrakesch oder Casa oder zum Flugplatz in Casa, damit sie in ihr Internat in Europa kamen. Der Jahreswechsel mit seinen Ereignissen gehört in Irahi der Vergangenheit an und so schnell wie an anderen Orten verwischt die Zeit auch hier das Vergangene und nimmt die Gegenwart Besitz von den Menschen.

Da kommt Jaques Tellier, ein blonder Hüne, lebensfroh und immer zu Scherzen aufgelegt, bei jeder Gelegenheit sein helles lautes Lachen ausstoßend. Und dieses Lachen steckt an. Schon bei seinem ersten Besuch im Popote gewinnt er sich Freunde. Und er bringt Jeannette mit und seine drei Töchter, eine jeweils nur ein Jahr älter als die andere, und die älteste ist gerade fünf. Alle drei haben die blonden Haare ihres Vaters.

Jaques Tellier steckt voll Unternehmungsgeist. Arbeit ist für ihn Freude, denn er liebt seinen Beruf. Seine Stelle in Belgien gab er auf kurz nachdem er sie angetreten hatte. Nein, das war keine Arbeit für ihn, er ist Geologe und nicht Chemiker. Er will nicht im Büro arbeiten, er will ins Gelände. Und Jaques Tellier glaubt, dass die Arbeit in Irahi für ihn gerade das richtige ist.

Nur ein paar Tage nimmt er sich Zeit um die Pläne und Karten Horvaths zu studieren. Dann will er sich an Ort und Stelle selbst informieren. Zuerst will er die Mine in Irahi besichtigen, darauf bereitet er sich vor und er will in jeden Winkel geführt werden. Danach will er sich die anderen Minen genauso ansehen.
Auf Sohle -180 stehen Réné Blanc, Paul Yvert und Jaques Tellier am Einstieg zum neuen Schacht. Etwas abseits steht Brahim und trägt Telliers Tasche mit den Plänen.
„Das ist also der neue Schacht, der an der Stelle auf Sohle -140 herauskommen soll, die Sie mir gezeigt haben. Wie hoch sind Sie jetzt, Monsieur Yvert?"

„Sechzehn Meter, Monsieur Tellier."

„Und hier dazwischen ist die alte Abbausohle wo sie nun wieder arbeiten lassen um die letzten fünf Meter Erz herauszuholen. Dann sind Sie damit einen Meter unter Sohle -140."

„Ja, ich lasse solch kleine Reserven jetzt vollends abbauen. Monsieur Blanc und ich sind der Meinung, dass es besser ist wenn wir dann die Sohlen ganz schließen können."

„Wir sind übrigens im Schacht auf einen Erzgang gestoßen, Monsieur Tellier."

„Es wird der Gang der Abbausohle sein. Man hätte damals eben hier unten mit dem Abbau beginnen müssen und nicht in zwanzig Meter Höhe."

„Schauen wir uns die Sache doch einmal an, meine Herren."

„Mich bringen Sie da nicht hinauf, Monsieur Tellier. Ich habe heute früh die Arbeit dort eingestellt weil der Mineur kam und sagte, dass Auffüllmaterial herunterrieselt. Ich wollte Ihnen das noch sagen, Monsieur Blanc."

„Ach was. Monsieur Yvert glaubt an das Märchen das ihm unser Geometer erzählt hat. Und nun sieht er Gespenster."

Dann tragen Yvert und Blanc dem neuen Geologen ihre unterschiedliche Meinung über den Bau des Schachtes vor. Und da sie sich nicht einigen können beendet Jaques Tellier die Auseinandersetzung. „Schauen wir es uns doch einmal kurz an, meine Herren. Dann können wir uns immer noch überlegen was zu tun ist. Im Schacht wird doch nicht gearbeitet?"

„Nein, Monsieur Tellier. Aber ich habe wirklich Bedenken hineinzusteigen."

„Sie werden doch auf einmal kein Hasenfuß sein, Monsieur Yvert, so kenne ich Sie gar nicht."

„Das hat damit nichts zu tun, Monsieur Blanc. Aber gut, wenn Sie wollen. Doch ich lasse Ihnen den Vortritt."

Als erster kriecht Réné Blanc durch den schmalen Einstieg und klettert zwischen den Rohren auf den schmalen, verbogenen Eisenleitern hoch. Stickig heiß ist die Luft im Schacht und macht das Atmen schwer. Schweißperlen treten auf die Stirn, vergrößern sich und tropfen über Wangen und Nase. Tellier als zweitem geht es nicht anders und als Paul Yvert noch hinzukommt wird der Sauerstoffmangel noch größer, noch stärker rinnt der Schweiß. In acht Meter Höhe finden Sie den Erzgang. Jaques Tellier leuchtet mit der Lampe nach oben. Ja, bis hinauf geht das Erz. Da bemerkt Paul Yvert wie einige Körner Auffüllmaterial herunterrieseln.

„Es wird höchste Zeit dass wir gehen. Kommen Sie."

Paul Yvert ist schon auf der untersten Sprosse, da wird in der Sohle oben gesprengt. Ein Knall, ein leichtes Beben ist im Schaft zu spüren. Dann bricht mit unheimlichem Getöse die Sohle in den Schacht.

Kleines Wörterverzeichnis

BRPM   Bureau de Recheres et de Paricipations Minières (Büro für Lager-
       stättenfoschung und Bergbaubeteiligung), vertritt den Staat
       in zahlreichen Gesellschaften. Die Beteiligungen umfassen 15-49%
       des gezeichneten Kapitals

Caid   Stammesoberhaupt, Statthalter des Königs in einem Kreis

Casa   allgemein angewandte Abkürzung für Casablanca

Chleu   (Schlö) Gruppe der marokkanischen Berber

Djemaa   (Dschema) Dorfrat oder Versammlung, auch Bezeichnung für
       einen Platz

Dschellaba Mantel mit angenähter Kapuze

Economat Franz. Bezeichnung für Wirtschaftsgebäude, die firmeneigene
       Vertriebsstelle für Lebensmittel

Fatima   Islamischer Frauenname. Da dieser Name in Marokko sehr
       verbreitet ist, wird er allgemein für Hausgehilfinnen verwendet

Fanc   marokkanische Münze, entspricht ungefähr 0,8 Pfennig. Der
       Dirham (= 100 Franc) wurde erst nach der Unabhängigkeit
       eingeführt, wird aber von den Einheimischen bei Wertangaben
       noch kaum verwendet

Hammelfest	(Aid el Kebir) größtes Fest in Marokko, geht auf das Opfer Abrahams zurück. Jeder erwachsene Marokkaner sollte an diesem Tag ein Tier opfern. In der Regel wird ein Hammel geschlachtet
Imam	Vorbeter, religiöses Oberhaupt
Kasbah	Befestigter Wohnort einer Sippe. Zufluchtsstätte eines Stammes
Kuskus	Nationalgericht aus gedünstetem Weizengries, meist mit Fleisch und Gemüse
Marabut	Islamischer Heiliger, Prophet oder Zauberer
Mineur	Franz. Bezeichnung für Bergmann
Morhasni	Soldat
Mulanah	Umschreibung für Allah
ONA	Omnium Nord-African Nordafrikanische Gesellschaft, französische Holdinggesellschaft mit Tochtergesellschaften im Transportwesen, Autohandel und Bergbau
Oued	Fluss, Trockenfluss oder Flussbett
Patron	Arbeitgeber, Betriebsleiter
Piste	Unbefestigter Fahrweg

Popote	Franz. Bezeichnung für Suppe, auch Speiseraum
Prämie	Zum Lohn eines Arbeiters werden in vielen Firmen Prämien bezahlt, die der Vorgesetzte festsetzt und die bis zur Höhe des normalen Verdienstes betragen können
Ramadan	Der neunte mohammedanische Monat die Fastenzeit des Islam, während der tagsüber alle körperlichen Genüsse verboten sind. Da das islamische Jahr ein Mondjahr ist, verschiebt sich der Jahresbeginn gegenüber dem Sonnenjahr jeweils um ungefähr zwei Wochen
Sidi	Herr, Meister
Sociéteé	Franz. Bezeichnung für Gesellschaft
Souk	Markt, Bazarstraße
Taille	Sohle in der das Erz abgebaut wird. Da die Erzgänge vertikal stehen wird von unten nach oben abgebaut und jeweils das Abgebaute wieder mit taubem Gestein ersetzt
Tarschin	Gemüseeintopf
Voilá	Franz. Ausruf für: da ist
Woacha	Marokkanische Bejahung
2 CV	Auto Marke Citroen, bedeutet deux chevaux = 2 (Steuer-)PS

Personen

Wieser, Karl	Geometer, Neuankömmling in Irahi
Wieser, Inge	seine schwangere Frau
Adshead	Arzt
Ahmed	Gehilfe von Karl Wieser
Baier, Otto + Gerda	Deutscher, Mitarbeiter in Bu Seraul
Becker, Armand	Direktor (Patron)
Berg, Harry	Deutscher, Mitarbeiter in Sidi Lahsen
Blanc, Réné	Ingenieur
Brahim, Ould	Gehilfe von Carol Horvath
Cheffer, Nicole	Sekretärin des Direktors (Patron) und Bedienung im Popote
Cyriakos, Georges	Buchhalter
Driss	Fahrer des Car
Fabry, Albert	Chef der Mine
Goldmann, Adam	Deutscher, seit 30 Jahren nicht mehr in Deutschland
Goldmann, Hilde	seine Frau
Horvath, Carol	Geologe
Idder	Betriebsrat
Jabbag, Ahmed	Chef des Magazins (Lagerverwalter)
Koller, Franz	Österreicher (Steiermark)
Lucas, Charles	Chef der Verwaltung
Morato, Hernan	Verunglückter
Surand, Armand	Generaldirektor
Udaden	Händler in Irahi
Yvert, Paul + Yvonne	Chef von Sidi Lahsen
Mehdi Ben Barka	marokkanischer Oppositionspolitiker

Geografische Bezeichnungen

Agdz	
Bu Skur	
Bu Seraul	Nebenmine von Irahi
Casablanca	
Draa-Tal	
Hoher Atlas	
Irahi	
Marrakesch	eine Stadt im Südwesten Marokkos
Ouarzazate	Hauptstadt der Provinz Ouarzazate im Süden von Marokko
Sidi Lahsen	Nebenmine von Irahi
Tischka-Pass	
Tarasut	Nebenmine von Irahi
Zagora	

Lebensmittelpreise 1965 in Deutschland

Butter/kg	7,81 DM
Eier/Stück	0,24 DM
Milch/L	0,68 DM
Rindfleisch/kg	6,57 DM
Schwein/kg	7,91 DM
Zucker/kg	1,23 DM
Kartoffeln/kg	0,37 DM
Mehl/kg	1,09 DM
Kaffee/kg	16,56 DM

Die Wochenarbeitszeit in der Industrie betrug durchschnittlich 40,2 Stunden und erbrachte einen Stundenlohn von 4,54 DM.

Wechselkurs 1965*

1 DM	= 125 FrF
100 DM	= 12.500 FrF

Franc = marokkanische Münze, entspricht ungefähr 0,8 Pfennig. Der Dirham (= 100 Franc) wurde erst nach der Unabhängigkeit eingeführt, wird aber von den Einheimischen bei Wertangaben noch kaum verwendet.

* Die Preisangaben wurden exakt übernommen, wir können trotz aufwendiger Recherchen den angegebenen Wechselkurs nicht bestätigen.

Freidenkerisches Urgestein

„Nach Auschwitz besteht mein Atheismus nicht mehr einfach in der Bestreitung „seines" Daseins. Sondern in meiner Empörung über die Würdelosigkeit derer, die einem, der dies zugelassen hat, im Gebet nahen." Diese beiden Sätze bilden eine der „Ketzereien" von Günther Anderse, der zweite Satz kann als Transfer des Adorno'schen Diktums aus dem Jahre 1949: „Nach Auschwitz ein Gedicht zu schreiben, ist barbarisch" in die Sphäre des Religiösen gelesen werden.

Die Wortwahl von Günther Anders ist sanfter als die von Theodor W. Adorno, denn das Adjektiv „barbarisch" bestreitet bei demjenigen, auf den es angewandt wird, jegliche sittliche Reife, Bildung und Kultiviertheit. Die Aussage von Günter Anders ist aber nur der Wortwahl nach sanft, ihrem Gehalt nach aber deftig: „Würde" ist etwas, was nach dem Verständnis der Allgemeinen Erklärung der Menschenrecht jedem Menschen „innewohnt". Wer zu Gott, der Auschwitz nicht verhindert hat, betet, so Anders, der entäussert sich dieser Würde und damit eines grundlegenden Teils seines Mensch-Seins.

Christen können die Ketzerei Anders' nicht akzeptieren, auch wenn sie das Theodizee-Problem, also die Frage, warum ihr Gott das vielfache Leid in der Welt (und damit auch Auschwitz!) nicht verhindert (hat), nicht lösen können. Bei Büchner heißt es: „Warum leide ich? Das ist der Fels des Atheismus" (Dantons Tod). Das ist der Fels, so möchte ich erweitern, an dem sich die Gottgläubigen blutige Knie holen, ohne das sie es merken bzw. an dem sie sich gegen besseres Wissen wie kleine Kinder in ihrem Zorn, immer wieder stoßen, ohne daraus klug zu werden. Nicht umsonst heißt es im Neuen Testament: „Wenn ihr nicht ... werdet wie die Kinder, so werdet ihr nicht ins Himmelreich kommen." (Mat.18,3)

Heinz Feuchter ist nicht nur dem Alter nach kein Kind (mehr). Und ins Himmelreich möchte er auch nicht, zumindest tut er alles, um die Voraussetzungen dafür absichtlich und planvoll nicht zu erfüllen: Er ist seit über 40 Jahren Mitglied bei den Freidenkern, er hat die Ortsgruppe Ulm des Deutschen Freidenker-Verbandes im Jahre 1980 (mit) gegründet und ist seit Jahr und Tag, und wenn es sein muss Tag und Nacht, für die Freidenkerinnen und Freidenker in Ulm und Neu-Ulm aktiv. Wenn das nicht reicht, um nicht in den Himmel zu kommen!?

In Bezug auf die oben angeführten Zitate würde ich Heinz, was die Wortwahl betrifft, eher die Anders'sche Ketzerei in den Mund legen als die Aussage Adornos. Kraftausdrücke wie barbarisch gehören nicht zum Wortschatz von Heinz Feuchter, wenn es darum geht, Andere und deren Meinung zu hinterfragen und / oder zu kritisieren. „Die Würde des Menschen ist unantastbar", auch und gerade dann, wenn sie anders denken als ich - diesem Grundsatz folgt Heinz, ohne dabei den eigenen Standpunkt hintan zu stellen. Und das ist gut so, denn „Anything goes - alles ist möglich" ist alles Mögliche, nur kein Standpunkt. „Anything goes" - das überlässt Heinz Feuchter den Christen und ihrer windelweichen Interpretation ihres Grundlagenbuches, er sprach (und spricht!) sich aus für „die ethischen und humanen Werte des Sozialimus"(aus der Einladung zur Freidenker-Veranstaltung vom 31. 10. 1980) - ohne Wenn und Aber.

Zum 75. Geburtstag anno 2002 - Walter Schmid

Zum Abschied

Als wir Heinz Feuchter kennenlernten, waren wir begeistert von seiner humanistisch-sozialistischen Weltanschauung, seiner solidarischen Lebens- und seiner akribischen Arbeitsweise. Seine Ideen und seine Willensstärke beeindruckte uns enorm, so wurde im Kollektiv 1980 die Ulmer Freidenkergruppe gegründet.

Aufklärung und nochmals Aufklärung war unsere Parole. Freidenkerabende, Stammtische, Sonnwend- und Jugendfeiern, Freidenkerreisen und Jahresabschlußfeiern prägten unsere Gruppe, die langsam aber beständig wuchs.

In frühen Jahren, so wurde es uns von ganz alten Gefährten kolportiert, konnte kein weibliches Wesen sich vor Heinz rechtzeitig auf einen Baum flüchten (ein Charmeur alter Schule), jetzt wandelte Heinz diesen Elan mit ganzer Kraft in Freidenkerarbeit um. Seine Freidenker-Kasse war phänomenal exakt geführt.

Dadurch konnten wir viele hervorragende Veranstaltungen durchführen: Wahre Zeitkapseln: Karl-Heinz Deschner, Jakob Moneta, Lina Haag, Dr. Richard Hiepe, die Dichter Heinz Kahlau und Günter Herburger waren unsere Referent*innen. Heinz war die Integrationsfigur der Ulmer Freidenker*innen, alle Widrigkeiten, Streitereien und ideologische Differenzen brachte Heinz in harmonische Bahnen, Dogmatismus war ihm immer zurecht eine Greuel.

Auch „Feuchte(r)-Abende" sind unvergesslich, bei Diskussionen, Wein und Liedern wurden einige Rotweinflaschen geleert; trinkfest sollte man als Freidenker sein, auch wenn seine Ehe- und Lebensgefährtin Hilde diesem Treiben manchmal Einhalt gebieten musste; zum Trotz darfür wurde sie dann „Hildegard" genannt.

Über 20 Jahre hat Heinz Feuchter die Ulmer Freidenker*innen geprägt, nur wenig ist zerfasert, wir möchten keine Stunde, die wir mit ihm arbeiten und kämpfen durften, missen. Er war uns immer ein guter Freund und Kampfgenosse, der Mut und Zuversicht verstrahlte.

Würdevoll hat er gelebt, würdevoll ist er am 28. Oktober 2004 gestorben.

178

Ein Gedicht von Bertolt Brecht trifft auf Heinz vollkommen zu:

Die Schwachen kämpfen nicht.
Die Stärkeren kämpfen vielleicht eine Stunde lang.
Die noch stärker sind, kämpfen viele Jahre.
Aber: Die Stärksten kämpfen ihr Leben lang.
Diese sind unentbehrlich.

Günter Rother und Siegfried Späth
Freunde & aktive Genossen von Heinz Feuchter

Inhalt